加速世界

Accel World

20 白與黑的相剋

川原 礫

插畫 / HIMA

Kadokawa Fantastic Novels

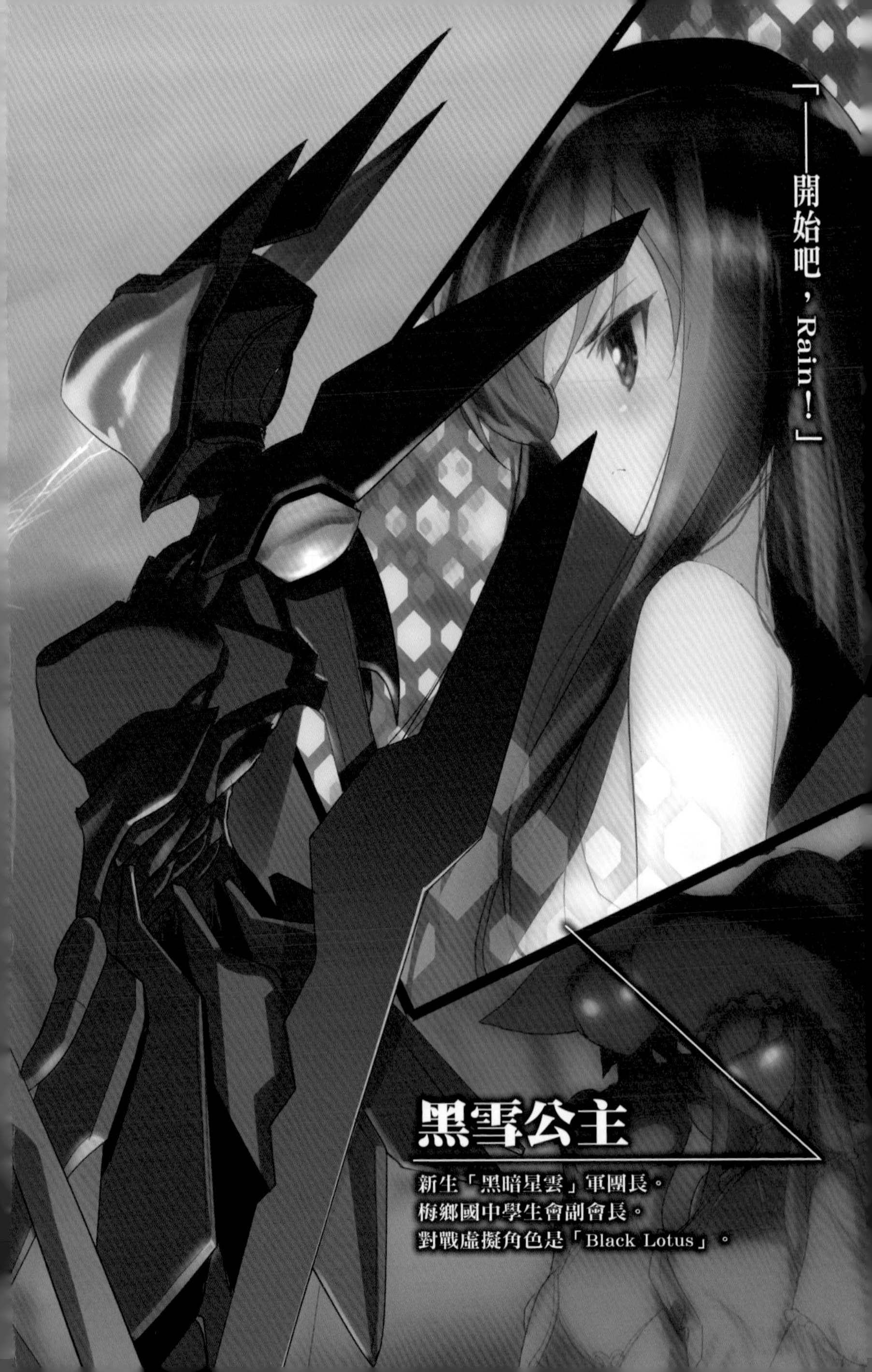
「——開始吧，Rain！」
黑雪公主
新生「黑暗星雲」軍團長。
梅鄉國中學生會副會長。
對戰虛擬角色是「Black Lotus」。

「——來吧，Lotus！」
仁子
身為「日珥」
軍團長的「紅之王」。
對戰虛擬角色是「Scarlet Rain」。

「不可能吧……
要知道，這裡是領土戰爭空間耶……」
「要……要嚴加警戒喔……！」
「……是……是公敵……嗎……？」
奈胡志帆子
前「Petit Paquet」團長，
現在歸屬在「黑暗星雲」旗下。
虛擬角色是「Chocolat Puppeteer」。
三登聖實
前「Petit Paquet」團員，
現在歸屬在「黑暗星雲」旗下。
虛擬角色是「Mint Mitten」。
由留木結芽
前「Petit Paquet」團長，
現在歸屬在「黑暗星雲」旗下。
虛擬角色是「Plum Flipper」。

「——」
「Glacier Behemoth」
來歷不明。

「就是這裡啊啊啊啊啊啊！」
「——不必害怕，僕人。你有我。」
梅丹佐
潛伏在加速世界四大迷宮之一
「芝公園地下大迷宮」
最深處的大天使本體。
把Silver Crow當僕人看待。
春雪
國中校內地位金字塔最底端的少年。
新生「黑暗星雲」團員。
加速世界中唯一的「飛行」能力擁有者。
對戰虛擬角色是「Silver Crow」。

純色軍團

黑之團：黑暗星雲
軍團長：Black Lotus（黑雪公主）
幹部名號：「四大元素（Elements）」
風：Sky Raker（倉崎楓子）
火：Ardor Maiden（四埜宮謠）
水：Aqua Current（冰見晶）
Lime Bell（倉嶋千百合）
Cyan Pile（黛拓武）
Silver Crow（有田春雪）

紅之團：日珥
軍團長：Scarlet Rain（上月由仁子）
幹部名號：「三獸士（Triplex）」
第一人：Blood Leopard（掛居美早）
第二人：Cassis Mousse
第三人：Thistle Porcupine
Blaze Heart
Peach Parasol
Ochre Prison
Mustard Salticid

藍之團：獅子座流星雨
軍團長：Blue Knight
幹部名號：「雙劍（Dualis）」
Cobalt Blade（高野內琴）
Mangan Blade（高野內雪）
Frost Horn
Tourmaline Shell

綠之團：長城
軍團長：Green Grandee
幹部名號：「六層裝甲（Six Armor）」
第一席：Graphite Edge
第二席：Viridian Decurion
第三席：Iron Pound
第四席：Lignum Vitae
第五席：Suntan Chafer
第六席：???
Ash Roller（日下部綸）
Bush Utan
Olive Glove
Jade Jailer

黃之團：宇宙祕境馬戲團
軍團長：Yellow Radio
Lemon Pierrette
Saxe Lauder

紫之團：極光環帶
軍團長：Purple Thorn
幹部名號：???
Aster Vine

白之團：震盪宇宙
軍團長：White Cosmos
幹部名號：「七矮星（Seven Dwarfs）」
Ivory Tower

其他軍團

加速研究社
Black Vice
Argon Array
Dusk Taker（能美征二）
Rust Jigsaw
Sulfur Pot
Wolfram Cerberus（災禍之鎧Mark II）

Petit Paquet ※加入黑暗星雲
軍團長：Chocolat Puppeteer（奈胡志帆子）
Mint Mitten（三登聖實）
Plum Flipper（由留木結芽）

演算武術研究社
Aluminum Valkyrie（千明千晶）
Orange Raptor（祝優子）
Violet Dancer（來摩胡桃）
Iris Alice（莉莉亞·烏莎喬瓦）

所屬不詳
Magenta Scissor（小田切累）※加入黑暗星雲
Avocado Avoider ※加入黑暗星雲
Trilead Tetraoxide
Nickel Doll
Sand Duct
Crimson Kingbolt
Lagoon Dolphin（安里琉花）
Coral Merrow（系洲真魚）
Orchid Oracle
Tin Writer

公敵

四聖
大天使梅丹佐（芝公園地下大迷宮）
女神倪克斯（代代木公園地下大迷宮）
???
???

「四方門」的四神
東門：青龍
西門：白虎
南門：朱雀
北門：玄武

「八神之社」的八神
???

對戰虛擬角色&公敵名單

加速世界

Accel World

20 白與黑的相剋

川原 礫

插畫 / HIMA

Kadokawa Fantastic Novels

■黑雪公主＝梅鄉國中的學生會副會長，是個清純又聰慧的千金小姐，真實身分無人知曉。校內虛擬角色為自創程式「黑鳳蝶」，對戰虛擬角色為「黑之王」＝「Black Lotus」（等級9）。

■春雪＝有田春雪。梅鄉國中二年級生，體型略胖，遭人霸凌。對遊戲很拿手，但個性內向。校內虛擬角色為「粉紅豬」，對戰虛擬角色為「Silver Crow」（等級5）。

■千百合＝倉嶋千百合。跟春雪從小就認識，是個愛管閒事又活力充沛的少女。校內虛擬角色為「銀色的貓」，對戰虛擬角色為「Lime Bell」（等級4）。

■拓武＝黛拓武。跟春雪及千百合從小就認識，擅長劍道，對戰虛擬角色為「Cyan Pile」（等級5）。

■楓子＝倉崎楓子，曾參加上一代「黑暗星雲」的資深超頻連線者。前「四大元素(Elements)」之一，司掌風。因故過著隱士般的生活，但在黑雪公主與春雪的勸說下回歸戰線。曾傳授春雪「心念」系統。對戰虛擬角色是「Sky Raker」(等級8)。

■謠謠＝四埜宮謠。參加上一代「黑暗星雲」的超頻連線者。名列「四大元素(Elements)」之一，司掌火。是松乃木學園國小部四年級生。不但能運用高階解咒指令「淨化」，還很擅長遠程攻擊。對戰虛擬角色為「Ardor Maiden」(等級7)。

■Current姊＝正式名稱為Aqua Current，本名冰見晶。是前「黑暗星雲」旗下的超頻連線者「四大元素（Elements）」之一，司掌水。人稱「唯一的一（The One）」，從事護衛新手的「保鑣(Bouncer)」工作。

■Graphite Edge＝本名不詳。是前「黑暗星雲」旗下的超頻連線者「四大元素」之一，真實身分至今仍然不詳。

■神經連結裝置＝以量子無線方式與大腦連線，透過影像與聲音等方式，對所有感官都能提供訊息的攜帶型終端機。

■BRAIN BURST＝黑雪公主傳給春雪的神經連結裝置內應用程式。

■對戰虛擬角色＝玩家在BRAIN BURST內進行對戰之際所控制的虛擬角色。

■軍團＝Legion。由多名對戰虛擬角色組成的集團，以擴張占領區域及確保利權為目的。主要軍團共有七個，分別由「純色七王」擔任軍團長。

■正常對戰空間＝指進行BRAIN BURST正規對戰（一對一格鬥）用的場地。儘管有著直逼現實的高規格重現度，但遊戲系統則與上個世代的格鬥遊戲相差無幾。

■無限制中立空間＝只允許4級以上對戰虛擬角色進入的高等級玩家用場地。其中的遊戲系統規模遠超出「正常對戰空間」之上，自由度比起次世代VRMMO遊戲也毫不遜色。

■運動指令體系＝用以控制虛擬角色的系統，正常情形下對於虛擬角色的控制都由這個系統處理。

■想像控制體系＝透過堅定想像意念（Image）來控制虛擬角色的系統。運作機制與正常的「運動指令體系」大不相同，只有極少數人懂得如何運用，是「心念」系統的精要。

■心念（Incarnate）系統＝干涉BRAIN BURST的想像控制體系，引發超越遊戲格局之現象的技術。又稱做「現象覆寫（Overwrite）」。

■加速研究社＝神秘的超頻連線者集團。不把「BRAIN BURST」當成單純的對戰遊戲而另有圖謀。「Black Vice」與「Rust Jigsaw」等人都是這個社團的成員。

■災禍之鎧＝名喚Chrome Disaster的強化外裝。一旦裝備上去，就可以使用吸取目標HP的「體力吸收」與透過事前運算來閃避敵方攻擊的「未來預測」等強力技能，但鎧甲擁有者的精神會遭到Chrome Disaster污染，進而完全受到支配。

■Star Caster＝Chrome Disaster所拿的大劍，有著兇惡的造型，但原本的外形可說名符其實，是一把意象莊嚴，有如星星般閃閃發光的名劍。

■ISS套件＝IS模式練習用（Incarnate System Study）套件的縮寫。只要用了這種套件，任何超頻連線者都能夠運用「心念系統」。使用中會有紅色的「眼睛」附在虛擬角色的特定部位上，散發出來的黑色鬥氣就是象徵「心念」的「過剩光(Over Ray)」。

■「七神器」(Seven Arcs)＝指「加速世界」中七件最強的強化外裝。包括大劍「The Impulse」、錫杖「The Tempest」、大盾「The Strife」、形狀不詳的「The Luminary」、直刀「The Infinity」、全身鎧「The Destiny」與形狀不詳的「The Fluctuating Light」。

■「心傷殼」＝包覆對戰虛擬角色根源所在之「幼年期精神創傷」的外殼。據說若外殼格外堅固厚重，安裝BRAIN BURST後就會塑造出金屬色的對戰虛擬角色。

■「人造金屬色」＝不是從玩家的精神創傷中自然誕生，而是由第三者加厚其「心傷殼」，人為創造出來的金屬色虛擬角色。

■「無限EK」＝無限Enemy Kill的簡稱。是指在無限空間因強力公敵導致對象虛擬角色死亡，經過一段時間復活後再次被殺，陷入無限地獄的迴圈。

Accel World

「加速世界」的軍團領土MAP Ver.2.0

紅之團「日珥」領土：練馬、中野第一戰區

黑之團「黑暗星雲」領土：杉並戰區

藍之團「獅子座流星雨」領土：新宿、文京戰區

綠之團「長城」領土：世田谷第一、澀谷、目黑、品川戰區

白之團「震盪宇宙」領土：港區戰區

空白地帶：板橋、北區、豐島、中野第二、千代田、世田谷第二、第三、第四、第五戰區

1

春雪每天步行通學，從自家公寓大樓到梅鄉國中，單趟路程約有一‧六公里。

所以他對於走個一兩公里的路，不太會覺得累。距離今天第一目標地點所在的「中野中央公園」，路程剛好一公里，所以即使徒步移動，也不至於多消耗體力——他本來這麼認為。

「……等等，小春，你臉色很差耶。該不會是中暑了吧？」

走在他身旁左側的倉嶋千百合一邊說著，一邊朝他的額頭伸手，所以春雪趕緊搖頭。

「我……我沒事啦，沒事沒事。」

「唔，看來的確缺乏水分啊。這個給你喝。」

這次換身旁右側的黑雪公主遞出保冷瓶。

「不……不了，我真的不要緊。」

春雪先對這邊也鄭重婉拒，然後朝周圍瞥了一圈，用只有自己聽得見的音量說下去。

「只是……在這種狀況下行走，臉色當然會變差了……」

不只是左邊的千百合與右邊的黑雪公主，前方有著黑暗星雲四大元素（Elements）的倉崎楓子、四埜宮謠、冰見晶並肩行走，身後則緊貼著Ash Roller也就是日下部綸，更後頭則有Petit Paquet組的奈胡志帆子、三登聖實與由留木結芽熱絡地談笑。

也就是說，春雪被這陣子顯著增加的黑暗星雲女性組，以護送艦隊似的隊形圍繞住。他接著掃動視線，尋找全團罕有的男性團員，同時也是他心靈摯友的黛拓武跑哪兒去了，就看到他在最後方與Magenta Scissor也就是小田切累並肩行走，不知道在談些什麼。

拓武那邊多半也有他難為之處，但春雪無地自容的程度也不會輸。若將這種狀況形容為「如坐針氈」，多半會招來各方的責難，但實際上春雪就是會覺得路過的人們，朝著待在美少女軍團中心的他照射過來的視線當中，蘊含了各式各樣的言外之意……

——不對不對，是我想太多了，只是自我意識過剩。人們對別人的事情其實都沒那麼關心的。

他這麼告訴自己之餘，還是忍不住又用視線掃瞄四周。

眾人所走的，是ＪＲ中央本線高架橋旁的東西向都道。二〇三〇年代進行拓寬工程，寬度綽綽有餘的紅磚步道被陽光照得反射出泛白色的光芒，行道樹的樹幹上有蟬活力充沛地鳴叫，樹下則有放學回家的國小國中高中生，面帶笑容地來去。

他們的臉上的笑意，應該只是為了總算等到梅雨期結束，以及暑假明天就要開始，但春雪就是無法直視他們的臉孔，面向下方，叫出了虛擬桌面上的地圖ＡＰＰ。

中野中央公園，是位於中野車站西北方的一座複合商業設施。占地面積比春雪自家公寓大樓低樓層附設的購物中心還大，招攬了五花八門的攤商，所以一到假日就會非常熱鬧。

今天是二〇四七年七月二十日，星期六。而且東京都內幾乎所有學校，都在今天舉行結業典禮，所以想必會被學生與攜家帶眷的顧客擠得水洩不通。春雪基本上很怕人潮，但只有現在，他很感謝這些人潮。

原因很簡單，因為接下來黑之團「黑暗星雲」與紅之團「日珥」的所有團員，就要在中野中央公園集合。黑方包括暫時參加的綸在內，合計有十二人；而紅方則估計總人數將會超過三十人。即使賣場再大，要是空蕩蕩的，這麼大一群人不可能不醒目，彼此的真實身分也就肯定會露相。

只是話說回來，身為日珥軍團長的第二代紅之王Scarlet Rain——上月由仁子，以及身為副團長的Blood Leopard——掛居美早，幾乎已經和黑之團全團都互相露相，所以即使有個什麼萬一，應該也不至於演變成真人PK大戰。話是這麼說，但要把自己在現實中的模樣，暴露在其他超頻連線者面前，他還是會覺得頗為抗拒。

春雪也明白。明白像黑雪公主與楓子，還有仁子與Pard小姐這樣的高等級玩家，八成因為在加速世界累積了長得無法估計的時間，價值觀和同年代的年輕人有著極大的差異。她們不會用外表來判斷人，但相對地對於精神面的畏畏縮縮，則會有非常嚴厲的反應。

不那麼老資格的超頻連線者之間，也普遍存在這種傾向。曾經光明正大嘲笑現實世界的春雪是「豬」的，算來也就只有墮落到黑暗面時的Dusk Taker／能美征二。說來春雪之所以會有圓滾滾胖嘟嘟的體型，只能怪自己在飲食上太放縱，所以至少應該要做好覺悟，要敢光明正大袒露出真正的自己，就算被人白眼或嘲笑，也要能只損1點血就頂住。

——想是這樣想啦……

春雪在腦海中又自言自語了一次，然後將視線拉回立體地圖上。

中野中央公園的構造，是由「南棟」與「東棟」兩棟建築物，圍繞在寬廣的區立公園外側。兩棟面向公園的一、二樓部分，都是整排的餐飲店，想來日珥的團員們，是打算各自分散到不同店裡待命。

這些店一共有十五間左右，但春雪等人進了店後，和日珥方面的團員撞個正著的可能性，也絕對不是零。雖然不覺得第一次見面就會被看穿，但要是碰到身旁有人在指定時間唸出「超頻連線」指令，等會議結束之後，彼此就會非常尷尬。

春雪先想到這裡，這才注意到一個為時已晚的疑問，對走在他右邊的黑雪公主問起：

「學姊，請問一下，我現在才想到，為什麼跟紅之團開會，要特地所有人一起跑一趟中央公園？我們開會就跟平常一樣，採取由兩個人當對戰開始者（Starter），其他人都以觀眾身分連進來的方式，所以有需要去中野公園的只有對戰開始者，其他參加者不管待在中野第一戰區的哪裡，不是都一樣嗎……？」

「嗯，話是這麼說沒錯啦。」

黑雪公主先點點頭，朝走在前面的三人瞥了一眼。

「讓我方的對戰開始者楓子一個人去中央公園，實在過意不去，而且這次的作戰是要動用園區內區域網路，把觀眾限定在只有我們兩個軍團的團員，所以必須親自到現地集合。」

「呃，可是……」

春雪幾乎要被說服，但還是繼續追問：

「……對戰者有權強制排除任意觀眾，所以等對戰開始後，再把外人趕出去不就好了？」

「我說啊春雪，這樣一來，外人不就馬上看得出黑和紅在密談了嗎？」

黑雪公主苦笑著說出這句話後，繃緊了表情說下去：

「——這次黑暗星雲與日珥的合併，在傍晚四點和震盪宇宙展開領土戰爭之前，絕對不能被他們發現。畢竟憑白之王（Cosmos）的頭腦，一旦查知我們軍團和日珥合併，難保不會從這個線索，連我們今天的港區第三戰區進攻計畫都看穿……一旦被他們事先看穿我們的進攻計畫，他們當然會把『七矮星（Seven Dwarfs）』全都集合到港區第三戰區，而且一個弄不好，Cosmos也許還會親自出陣。我很信任你們的實力，可是一旦事情發展成那樣……」

「不行的，小幸。」

前方的倉崎楓子轉過身來，打斷了黑雪公主灌注了力道的這番話。她臉上儘管掛著一如往常輕飄飄又溫和的Raker式微笑，卻在聲音中灌注一種懂的人就是會懂的魄力，紮紮實實地制止她：

「即使有白之王親自出陣的可能，不，一旦真的弄成這樣，小幸就更不可以去港區戰區。無論發生什麼事，黑暗星雲只要有小幸……只要還有黑之王在，就能捲土重來，不管要來幾次都行。可是……」

這番話說到這裡，由楓子身旁的四埜宮謠用純文字聊天視窗接過了話頭。

【ＵＩ＞一旦幸幸有了個什麼萬一，我們真的會一蹶不振。黑暗星雲，是一群愛戴幸幸的人，為了幸幸而聚集起來的軍團。不管是現在還是以前，這點都沒有變。】

連平常極端沉默寡言的冰見晶，都碰著紅框眼鏡補上幾句：

「小楓跟謠謠說得沒錯說。今天的領土戰，絕對不是與白之團以及『加速研究社』之間的最終決戰。還只是正要開始的一場漫長戰鬥當中開頭的第一仗。雖然是不能輸的一仗，但就算輸了也還能重來，不管要幾次都行。」

「…………」

黑雪公主聽了三名「四大元素」真摯的話，以正經……卻帶著點沉痛的表情，默默不語。

不知不覺間，眾人停下了腳步，後方的團員們也不再聊天，跟著停步。

最先開口的，是在微笑中加進了少許苦笑成分的楓子。

「……換作是從前，每次這種時候都會有Graph把話題扯到別的地方，讓氣氛變輕鬆。」

【ＵＩ＞在的時候讓人覺得很麻煩，不在又覺得好像少了點什麼，他就是這樣的人。】

晶以正經的表情，幫謠的評語補上一句：

「要是貿然講到他，說不定他就會用神祕能力探測到，搞得明明沒人找他，他卻硬是出場，所以最好小心點。」

聽到這幾句話，黑雪公主總算也笑逐顏開，呼出一口氣，點點頭說：

「…………也對。今天的我，也許真的有點太執著了。也許是上個月校慶時Cosmos出現，讓我在不知不覺間被挑釁到了吧……」

「就是啊學姊，今天就請學姊相信大家，在杉並等好消息！」

春雪正放下心中一塊大石，想說難得在好的時機說了句好話，結果……

「唉唉～小春這個人，在這種時候就是說不出『相信我』啊。」

千百合毫不留情地吐嘈，這下不只黑雪公主等人，連待在後面聽他說話的志帆子她們還有拓武，也都放聲大笑。

到了笑聲即將平息的瞬間，一隻手從春雪正後方伸出。

「不……不好意思……」

這個要求發言的人，是把一頭輕柔的頭髮在腦後小小綁成兩個馬尾的日下部綸。黑雪公主眨了兩次眼睛後，微微一笑。

「日下部同學……不，綸同學，妳今天也是黑暗星雲的一員，不用每次發言都舉手的。」

「好……好的。這個，我聽了各位剛剛說的話，想到了一件事……」

綸說話一如往常有些生澀，但仍以正經的表情說下去。

「如果，出現在梅鄉國中校慶的白之王，真的是想挑釁黑雪公主學姊……這也就表示，她的目的，就是把黑雪公主學姊，拖出來和白之團打……沒錯吧？」

「唔…………」

黑雪公主一瞬間和楓子、晶與謠她們對看一眼，然後緩緩點頭。

「這……說來的確會是這樣啊。若不是她在那裡現身，承認自己就是ＩＳＳ套件事件的幕後黑手，同時還是加速研究社的頭目，我們多半不會這麼迅速地爭取到綠之王(Grandee)與藍之王(Knight)的協助，將進攻港區戰區的計畫付諸實行……」

「……而且，她變成蝴蝶消失前，還說了一句話。」

春雪回溯二十天前的記憶，也開了口。

「她說期待黑雪公主學姊，憑學姊自己的意思……站到白之王面前的那一刻……」

黑之團在校慶正熱鬧時進行會議，而白之王——剎那的永恆(Transient Eternity)White Cosmos就以偽裝用的虛擬角色孤身闖入會議。光是在腦海中描繪出她的身影，就覺得連蟬鳴聲與陽光的溫度都變得遙遠。

當時白之王是想用幾乎毫無戰鬥力的偽裝用虛擬角色，對付黑雪公主與仁子兩人。明知在9級一戰定生死的規則下，只要打輸一次，當場就會點數全失，被永遠放逐出加速世界。

春雪全身一顫，綸就用她小小的右手用力抓住他的襯衫袖口，再度說了起來。

「我在加速世界會和哥哥互換，所以對戰中的記憶，平常都挺模糊的……可是，不可思議的是，那個時候的事情，我就記得很清楚……我從白之王身上完全感受不到敵意或是仇恨……可是我，卻覺得，她好可怕。就好像，我想什麼全都被她給看穿……的感覺……──我是覺得這個想法太離譜，可是，我們要在今天的領土戰爭進攻港區戰區的事，被她看穿……這個可能，應該不存在吧？」

綸的問題，讓黑雪公主，還有楓子等人，都再度默不作聲。

白之王孤身闖進校慶，承認自己就是加速研究社的首腦。這個行動應該有著明確的目的，如果她的目的是「讓黑暗星雲進攻震盪宇宙」，的確就無法否定對方已經事前預測到白之團大本營所在的港區第三戰區將會受到攻擊的可能。

在這個情形下，震盪宇宙布署在第三戰區的防衛團隊，想必會精銳盡出。根據黑雪公主事先整理好的情報檔案，幹部集團「七矮星」是不用說了，連一般團員也是強者如林。雖然不打算在開打前就認輸，但這樣一來勝率肯定會下降。

正當眾人在受七月下旬的陽光照射下的人行道角落，沉重地默默不語——

「真不像你們啊。」

忽然間聽到後方有人說了這麼一句話，讓春雪抬起頭來。

發言者是把瀏海剪成不對稱髮型，穿著短袖水手服的女性。她曾多次和春雪展開激戰，乃是結過梁子的超頻連線者，同時也是今天才剛加入軍團的最新團員Magenta Scissor／小田切累。

累在她那略微黯淡的美貌上透出淡淡的笑容，再次發出沙啞的嗓音。

「我所知道的黑暗星雲，應該不是一個會在開打前就先怕了的軍團。一旦加速，剩下的就只有一心一意地對戰……你們該不會說，現在還沒加速，所以全都可以當作沒發生過吧？」

「……那當然，要是現在退縮，真不知道會被紅之王說得多難聽。」

黑雪公主同樣微笑著這麼回答，然後深深吸進一口氣，挺直腰桿，發出堅毅的話語。

「哪怕震盪宇宙真的預測到我們會進攻他們的領土，應該也料不到就在今天。橫亙在我們杉並戰區與他們港區戰區之間的澀谷第一、第二戰區，在系統上還是綠色的領土，而這兩個戰區會在領土戰爭即將開始之際被轉讓給我們，即使是白之王，相信也料不到會有這種情形。何況黑暗星雲還和日珥合併，戰力豈止倍增，而是增加到三四倍之多，相信更是遠超出她的想像。只要一件事就好，只要有一件事超出他們的想像，這當中就會產生勝機。」

Petit Paquet組的三個人不約而同地點點頭，其他團員也跟著點頭。

接著發言的，是站在累身旁的拓武。

「軍團長，我直到九個月前還參加藍之團（獅子座流星雨），也參加領土戰爭，但比起人數上占了壓倒性優勢的他們，黑暗星雲至少有一個地方，確實凌駕在他們之上。那就是『意外性』。這個軍團裡，有著無論多麼艱難的困境都能顛覆的，無法預測的強悍……」

這位兒時玩伴說到這裡，莫名地一瞬間朝春雪看了一眼，然後再度將視線拉回黑雪公主身上。

「即使震盪宇宙看穿了我們的所有策略，做好了萬全的因應措施，黑暗星雲也不會白白打輸……沒錯吧？」

「哎呀哎呀，小拓也變得很會講這種黑暗星雲風格的話了呢～」

千百合立刻給出評語，拓武就難為情地把眼鏡橫梁往上推了推，眾人再度大笑。

等笑聲消散，黑雪公主強而有力地點點頭，為這場突發性的路邊會議做出了結論：

「拓武說得沒錯，即使震盪宇宙把所有戰力都集中到港區第三戰區，也不是因此就注定我們會輸，而且即使輸了，一切也不會就這麼結束……我自己無法參加這場戰鬥，固然是百般遺憾，但我相信大家會贏得勝利，在後方等你們的好消息。好了……那麼，我們就出發去進行第一個任務吧。所有人，切斷全球網路連線！」

聽黑雪公主一聲令下，春雪才察覺到他們的現在位置，就在杉並區與中野區界線不遠處。只要繼續往前走，黑暗星雲的全團團員，就會出現在中野第一戰區的對戰名單上，而注意到這個現象的超頻連線者，應該就會覺得發生了大事。

春雪趕緊將手伸向神經連結裝置，切斷了全球網路連線。先前拉出來後就沒收起的立體地圖，轉換成離線模式，交通狀況的即時資訊就此消失。

春雪用右手把地圖掃開，仰望蔚藍的夏日藍天。不知不覺間，胸中那股無地自容的感覺已經煙消雲散，現在他感覺到的，是一種決戰前的緊張感，以及心中湧起的一點點雀躍的心情。

再走了大約五分鐘之後所抵達的中野中央公園，比想像中更熱鬧。

面向「四季森林公園」的購物商場北側，有著一整排咖啡館與速食店等店家，但每一間店都擠滿了年輕人或攜家帶眷的客人，甚至有些店家大排長龍。

現在時刻是下午一點五十分，與日珥的會議將在兩點整開始，所以不容他們現在才開始邊逛邊找合適的店。春雪才剛慌張地覺得劈頭就陷入了大危機，卻看到黑雪公主等人莫名鎮定。

「學……學姊，每一間店都滿了……」

春雪破嗓地喊了一聲，黑雪公主就得意地笑了笑，說道：

「春雪，不要慌張。店裡人多這點我早就料到了。」

「那……那麼，學姊是已經在哪間店訂了位……？」

黑雪公主不直接回答春雪的提問，彈響了手指。

「補給部隊，輪到妳們出場了！」

「遵命！」

立刻出聲回應的，是志帆子、聖實、結芽等Petit Paquet三人組。仔細一看，她們三人手上都提著提包或籃子。

志帆子甚至以正經的表情舉手敬禮，然後指向購物商場北邊的一大片公園。

「長官，我們已經找到了不錯的地方！」

「很好。那就開始移動！」

春雪心想這搞笑短劇是在演哪齣，但還是追向她們兩人。

走在前面的志帆子帶領眾人前去的，是聳立在公園中段附近的一顆闊葉樹樹下。樹幹上綁著一塊牌子，上面寫著「椎栲」，看樣子似乎是所謂的椎樹。大大的樹冠在綠草地上遮出了充足的樹蔭，一走進樹蔭下，就有涼風輕撫肌膚，令人心曠神怡。

首先聖實從包包裡拿出大版的野餐墊，甩開來鋪到草地上。緊接著志帆子與結芽在四方打上小小的固定釘，然後對眾人說：「請上來～」

「打擾了～！」

千百合第一個脫掉運動鞋，踏上了野餐墊。春雪與拓武等女性全都踏上去，圍成一圈坐好之後，才在角落加了進去。

這樣一來，最令人好奇的就是座鎮在圈子正中央的兩個籃子。如果這個狀況是在模仿野餐，也就可以想見籃子裡裝的是些好吃的東西，而且可以推測出這是由在學校參加「手藝烹飪同好會」的志帆子她們親手做的料理，等一下就會發給大家吃，這樣的臆測是可以成立的，就不知道……

春雪將思考推進到這一步，下意識中朝籃子慢慢逼近，卻被人突然揪住後領，拉了回去。

「咕噁！」

春雪呻吟著回頭一看，看見的是天使般的Raker式微笑。

「鴉同學，現在還不能吃喔。這個樂趣要留到會議後。」

「嘰……嘰道了……」

春雪連連點頭之餘，朝虛擬桌面的右下一看，現在時刻是下午一點五十八分。

相信現在紅之團的超頻連線者們，也已經在中央公園裡頭待命了。春雪忍不住將視線朝四周掃過一圈，發現公園裡也有多群由同年代的年輕人構成的野餐集團，讓他覺得這些人全都愈看愈可疑。

「別看了，春雪，你太四處張望，反而會被人看穿啊。」

春雪被黑雪公主斥責而縮起脖子，先「對對對不起」地道歉後，才學著身旁的拓武，在野餐墊上跪坐好。他挺直腰桿，丹田用力，深呼吸一次。耳邊聽到楓子鎮定的聲音。

「那，首先就由我來檢查對戰名單。」

她接著唸出「超頻連線」指令，隨即又睜開眼睛，點了點頭。

「目前並沒有看到和今天的作戰無關的超頻連線者。」

「我想也是啦。畢竟要說中野的對戰聖地，還是首推第二戰區的中野百老滙那一帶啊……而且這中央公園雖然區域網路很完善，卻完全是一個適合全家人一起來的商場，超頻連線者不太會來。雖然也就是因為這樣，我們才會挑上這裡。」

「雖然說即使有人來礙事，也只要去對戰幾場，鄭重地把這些人攆出去就可以了♡」

楓子面帶笑容毀了黑雪公主的技術性解說後，變回副團長該有的表情，雙手輕輕一拍。

「好了，只剩三十秒了。除了綸以外的人，都連上中央公園的區域資訊網路……不好意思喔，綸，這樣排擠妳。」

綸聽到平常嚴厲的「上輩」楓子對自己道歉，連連搖頭回答：

「哪裡，這次是沒辦法……因為長城旗下的我混進去，會讓日珥的團員起戒心……」

「我們會立刻讓妳知道結果，這一・八秒妳就忍一忍。」

綸點頭回答「好的」後，眾人一起操作虛擬桌面。

春雪先從目前可選的訊號清單中，選擇要找的網路來連線。視野中顯示出中央公園的商標，開出各家商店的客滿狀況與優惠券等視窗，但他立刻把這些都關掉。

視野右下方，數位時鐘的數字，正一步步朝著下午兩點前進。這種情境明明以前也經歷過好幾次——然而儘管這次基本上不可能演變成對戰，春雪卻仍受到不曾體驗過的另一種緊張侵襲，用力握緊雙手。

春雪蒙黑雪公主給予BRAIN BURST程式，成為黑暗星雲的一員，是在去年秋天。之後的九個月裡儘管發生了很多事件，但由六大軍團分割支配的加速世界勢力圖，基本上都是不變的。

然而從今天的這場會議過後，情勢多半會開始大幅度地變動。不只是黑暗星雲與日珥合併，形成一個領土橫跨練馬、中野、杉並戰區的大軍團，如果能在傍晚的領土戰爭中，順利從震盪宇宙手上剝奪掉遮蔽對戰名單的特權，再讓獅子座流星雨的鈷錳姊妹見證到加速研究社的成員，存在於港區戰區之中，加速世界就會進入白之團對五大軍團聯軍的戰爭狀態。

雖然人數上有著壓倒性差距，但畢竟對手是白之王，而且對方有著「災禍之鎧MarkⅡ」這個可怕的戰力，戰爭多半不會輕易結束，然而——

春雪真正期盼的，是救出他那位受加速研究社所迫而讓「鎧甲」附身的朋友——Wolfram Cerberus。

以及搶回淪為「鎧甲」依附體的紅之王強化外裝——無敵號的推進器。

只要能夠達成這兩個目標，長年來折磨黑雪公主的白之王與加速研究社的圖謀，也就必然會功虧一簣。這是個截至目前為止有著最高階難度的任務，但只要相信當成自己半身而鍛鍊到今天的Silver Crow，相信以堅定情誼相連的這群軍團伙伴，也相信最近稍稍變得不那麼討厭的自己，全力以赴，一定……一定能夠辦到。

下午一點五十九分五十九秒，楓子唸出了第二次的加速指令。

一秒鐘後，一串顯示【A REGUSTERED DUEL IS BEGINNING!】的火焰文字在眼前熊熊燃燒，將春雪的意識帶往剎那間的世界。

2

對戰空間有著五花八門的屬性，而其外觀與特性，也無可避免地會帶給超頻連線者「吉利」或「不吉利」的感覺。

具體來說，呈有機狀扭曲的建築物上爬滿金屬昆蟲的「煉獄」空間，枯樹林裡有紫色毒沼澤的「腐蝕林」空間，以及春雪雖然不曾見過，但位列黑暗系極致的「地獄」空間，就是完全的不吉利；相反的，純白的空間裡有著無數水晶浮遊的「靈域」空間、夜空中掛著一輪清澈滿月的「月光」空間，又或者是有著朱紅色牌坊聳立，更有紅黃二色楓葉飄舞的「平安京」空間，相信任誰遇到都會覺得吉利。

與日珥開這場重要的全團會議，務必要抽到個好兆頭的空間……春雪一邊祈禱，一邊緩緩睜開雙眼。

緊接著映入眼簾的，是染成奇妙黃綠色的天空與濕潤的灰色地面。現實世界中長著茂盛鮮嫩綠葉的椎樹，成了一棵樹幹像骨頭一樣蒼白，形狀歪七扭八的異形巨樹；東側與南側的中央公園建築也泰半已經腐朽，紅褐色的鏽液染紅了牆壁。

「嗚嗯……這是腐蝕林空間嗎……？」

春雪先喃喃說出這句話，才又發覺不對……但他尚未在腦中否定，有著巧克力顏色與巧克力滋味的千金小姐型虛擬角色，就朝春雪背上頂了一記。

「你在說什麼傻話？腐蝕林空間裡才沒有建築物！」

「說……說得也是……」

Choco妳在現實世界（那邊）跟加速世界（這邊）的差距才大呢！但春雪並不說出這個感想，轉而搜尋腦中的空間資料清單。風景看似自然系／木屬性，但這種有毒的感覺，也有可能是黑暗系……

然而春雪尚未找到答案，全身纏著紅紫色膠捲狀的苗條女性型虛擬角色，就以沙啞的聲音說道：

「這可又抽到罕見的屬性了。」

Magenta Scissor聳聳她尖銳的肩膀，Black Lotus就帶得一身黑水晶裝甲閃動光芒，對她點點頭。

「就是說啊。而且還有點……不，是相當麻煩。」

「咦……請問學姊，麻煩是指哪方面？這跟腐蝕林很相似，可是乍看之下，似乎沒有毒沼澤，也沒有毒蟲……」

春雪放棄靠自己想出空間名稱，對導師（Mentor）發問，但回答他的不是黑雪公主，而是對戰開始者楓子。

「鴉同學，你看那邊。」

春雪朝坐在輪椅上，身穿白色連身裙的虛擬角色所指的方向看去，看見從道路對面的公園北側，一棟狀似學校的建築物，有種一看就覺得有毒的粉紅色霧氣緩緩飄來。

春雪到這時才總算成功抽出資料，用右拳在左掌搥了一記。

「啊，這裡就是那個吧，呃……『瘟疫』空間！」

「你答對了，不過那團毒霧，看樣子會往我們這兒飄來啊……」

黑雪公主瞇起藍紫色的鏡頭眼說道。

位列中階黑暗系的瘟疫空間，不出黑暗系的慣例，空間中有著棘手的機關。現在春雪所看到的毒霧正是這種機關，這種霧氣會從地面隨機湧出，碰到毒霧就會「感染」瘟疫，根據所碰到的霧氣顏色，受到體力逐漸減少（Slip Damage）、必殺技計量表被癱瘓、視覺障礙、聽覺障礙、平衡感障礙等各式各樣的負面效果。

況且霧不只是毒，而是病原體，所以接觸到霧氣的對戰虛擬角色又會成為感染源，對附近的虛擬角色造成同樣的症狀。換成是正規對戰，自然會積極想把對手也拖下水，但若在領土戰爭抽到這個屬性，可說幾近於最糟糕的情形。又或者像這次一樣，拿加速空間來當會議室時，也是一樣糟糕。

「而且記得粉紅的霧是逐時損傷沒錯吧，Lotus？雖然會感染到的只有身為對戰者的我和Pard，但雙方的副團長體力都一直減少，那根本開不了會。」

聽楓子這麼說，黑雪公主也沉吟起來。

「這也是不得已啊，就跟日珥那邊商量一下，重抽對戰空間吧？……說到這個，他們人在哪兒？」

軍團長這麼一問，眾人環顧四周。

若對戰者遠在看不見的距離，觀戰者的視野之中，就會顯示出標示對戰者位置的導向游標。但兩個游標都沒顯示──不只是眼前的楓子，連對戰者的游標也沒顯示，所以至少Pard小姐應該就待在附近，但煞風景的公園與朽壞的大樓中，都看不到人影。

「……日珥的團員，真的有登入進來嗎？」

Plum Flipper──結芽將她戴著圓帽的頭一歪。Mint Mitten──聖實立刻就用戴著大手套的右手吐嘈：

「喂喂，Leopard的體力計量表，不就有顯示出來嗎？」

她說得沒錯，右側的體力計量表下方，明明白白顯示著【Blood Leopard】這個虛擬角色名稱。而且要是Pard小姐不在，楓子應該根本就無法創造出這個對戰空間。

但既然如此，從對戰開始已經過了一分鐘以上，為什麼日珥方面的團員都不現身呢？會不會是發生了什麼意料之外的事態……說不定還是受到敵對勢力妨礙……正當春雪想到這裡，在面罩下咬緊牙關之際——

「SRY（抱歉），久等了。」

頭頂上傳來一個悄悄說話的聲音，讓眾人趕緊仰頭看去，結果看見有個輪廓從扭曲變形的巨樹樹幹上，無聲無息地滑下來。這纖細的軀幹與強而有力的四肢，以及長長的尾巴，無疑屬於日珥的副團長「血腥小貓（Bloody Kitty）」Blood Leopard。

春雪對短短幾秒鐘內就下到地上的Pard小姐，連招呼也忘了打就問起：

「請……請問，妳何時開始待在樹上……」

「差不多從一開始。」

「那……那麼，為什麼不馬上下來……？」

「這有點難言之隱。」

Pard小姐莫名地在嘆氣聲中這麼一說，就舉起右手，指向公園東側的建築物——中央公園東棟。

「…………」

春雪與其餘十人，不約而同地默默看了過去。半朽壞的東棟一片鴉雀無聲，沒有任何物體在動……

忽然間——

「——讓你們久等啦，黑暗星雲！」

這聲大喊轟然迴盪在四周，接著東棟的屋頂上出現了兩個人影。兩個莫名相隔甚遠，分別站在左右兩邊的人影，個子都很高大，雙手牢牢抱在胸前。

接著兩人內側又出現了兩個新的人影，更內側又是兩個……轉眼間幾十個人影排出長長兩排，最後一個嬌小的對戰虛擬角色俐落地出現在最中間。

中間這名虛擬角色默默舉起右手，指向黃綠色的天空。結果就在這一指之下，三十幾人各自擺出古早時期特攝影集似的姿勢，異口同聲地大喊：

「We are prominen——ce！」

隊列後方射出四五發煙火，在啵啵幾聲略顯欠缺魄力的聲響中爆炸。

「…………………………」

狀況來得太突兀，讓黑暗星雲的十一人看得啞口無言，Pard小姐就再度嘆著氣低聲說：

「……ＳＲＹ。」

「……Leopard，所以他們之所以花了這麼多時間才登場，是因為在準備那一套……？」

聽楓子這麼問，深紅色的豹頭虛擬角色過意不去地點點頭。

「Ｙｅｓ。Rain說這種時候就是要先聲奪人。」

「啊哈哈……的確像是仁子會說的話啊……」

春雪乾笑之餘，朝著在東棟屋頂上整排對戰虛擬角色正中央一直維持帥氣姿勢的紅之王「血腥風暴（Bloody Storm）」Scarlet Rain揮手大喊：「喂～」

結果仁子過了大約兩秒左右，有些難為情地解除了耍帥姿勢，從屋頂邊緣一蹬，跳到地面上。其他同伴也接連跳起。小小的人影已經小跑步跑來，默默朝春雪側腹部一頂。

兩人都是觀眾，所以當然不會產生損傷，但春雪仍然忍不住反射性地「嗚噁」的呻吟一聲，然後才抗辯說：

「妳……妳做什麼啦？」

「我說你喔，別給我『喂～』好不好！害我整個很漏氣！」

「那……那我該說什麼才好……」

「那種時候，你們也應該排得整整齊齊，擺出帥氣的姿勢來回應啊！」

「咦……咦咦？怎麼個帥氣法……？」

「那還用說，你就喊：『黑暗星雲參上！』或是『吾等乃黑暗星雲是也！』之類的……」

「我絕對敬謝不敏。」

回答得斬釘截鐵的不是春雪，而是黑雪公主。她覺得沒轍似的搖搖頭，重重清了清嗓子，然後才以微微增加了音量的嗓音說下去：

「——不管怎麼說，紅之王，我要感謝各位遵守約定，全團團員一起參加今天的會議。沒有時間了，我是想馬上進入正題。」

仁子聽了後，也從春雪身前退開一步，以蘊含了威嚴的聲調回答，令人覺得她胡鬧歸胡鬧，終究還是個王。

「很好，黑之王，我才要說不好意思，還讓你們趕來中野第一戰區。那我們馬上開始……我是很想這樣啦……」

仁子說到這裡先頓了頓，朝公園北側看了一眼，於是春雪也跟著看去。

結果看見先前最擔心的粉紅毒霧，竟然已經跨越道路，眼看就要抵達公園。

「受不了，竟然抽到『瘟疫』空間，這可真是抽到了個好玩又麻煩的屬性。我們總不能眼睜睜讓Pard跟Raker被毒，我看還是重頭來過吧……」

仁子這麼一說，黑暗星雲方面還沒有任何一個人來得及反應。

就聽到並列在稍遠處的日珥方人員中，傳出一個喊得格外剽悍的聲音。

「我有個好主意，Head！」

「嗯嗯？」

仁子回頭的同時，一個小型的對戰虛擬角色從人群中衝了出來。除了從聲質聽來多半是男性型以外，什麼都看不出來。因為這人頭上戴著帽簷特寬的帽子，身上披著長得幾乎拖到地面的披風。

「唔……那小子是……」

黑雪公主在身旁這麼說，於是春雪小聲問起：

「學姊，妳認識這個人？」

「大概……不過現在還是先聽聽他的提議吧。雖然我總覺得他提的不會有什麼好事。」

黑雪公主的這個預言剛出口，就成了現實。

「你說的好主意，是什麼主意，戴因？」

被仁子稱為「戴因」的帽子虛擬角色，滿懷自信說出的要求——

「把場地設成亂鬥啦。這樣一來，那點毒霧我一招就能消毒乾淨了！」

是這種聳動的提議。

現階段在這個地方，能夠受到損傷或造成別人損傷，又或者是能干涉場地的，就只有Sky Raker與Blood Leopard兩人。然而一旦將規則變更為亂鬥模式，春雪等觀眾就會一個也不剩，全都變成對戰者，發生不測事態的機率也就會上昇到無以復加的程度。說得極端點，甚至有可能因為9級一戰定生死規則，導致黑雪公主與仁子當中有一人點數全失，永久退場。

仁子當然一句話就駁回——春雪是這麼想的。

「唔唔～」

深紅色的少女型虛擬角色，用一雙大大的鏡頭眼，抬頭看著黑雪公主。

「……有人提了這樣的提議……Lotus，妳說呢？要先結束對戰，重新加速，說費事也還真有點費事。」

「唔……」

黑雪公主也同樣並不立刻駁回，將面罩朝向楓子。她們似乎在一瞬間就有了共識，只見她轉回頭來，對紅之王點頭。

「沒關係，也好。要重來一次，又得看一遍你們的宇宙無敵帥氣登場程序，實在也有點那個。」

「喂，妳說那個是什麼意思！」

仁子表示憤慨，但立刻收起囂張的態度，用視線對Pard小姐打了個信號。

豹頭虛擬角色迅速操作系統面板，所有觀眾身前就出現了詢問是否變更對戰模式的視窗。

儘管有某種不祥的預感，但既然黑雪公主答應，事到如今春雪也不能表示反對意見。

而且不只是拓武與千百合，連等級比Silver Crow要低的Chocolat她們，也都若無其事地觸控視窗，所以春雪也只好一邊對加速世界的天神祈求：「但願會議平平安安順利結束！」一邊按下「YES」按鈕。

天神這個字眼，令他聯想到本來應該同席在場的黑暗星雲第十三名團員，但很遺憾的是現在還不能召喚她。一旦被紅之團方面的人怪罪，被迫說明她的真實身分，必然會引發一場大亂，收拾事態的過程中，就肯定會把三十分鐘給用完。

……雖然對梅丹佐過意不去，但還是等會議結束，再把她介紹給紅之團的人認識吧。

春雪正想著這樣的念頭，似乎所有人都按下了YES鈕，一串寫著【A BATTLE ROYAL IS BEGINNING！】的火焰文字在視野中熊熊燃燒，開始倒數十秒。數字轉眼間就倒數到零，左上的體力計量表，也從Sky Raker的體力，切換為顯示Silver Crow自己的體力。右上方則從上到下，縮小顯示四周所有超頻連線者的計量表。

就在對戰模式切換完畢的同時，有個人影跑向公園北側。是提議變更為亂鬥模式的日珥那名帽子披風虛擬角色。春雪想看清楚被稱為「戴因」的他正式虛擬角色名稱叫什麼，再度看向視野右側，但由於計量表的數目實在太多，讓他看不出哪一條才是戴因的。

戴因停在距離眾人約有十五公尺遠的地方。

「好～啊！」

他剽悍地大喊一聲，略細的雙臂從披風裡往前直伸。前方有著粉紅色的毒霧，正像生物般蠢動著逼近。戴因發下豪語說一招就能把那陣毒霧消滅，就不知道他要怎麼辦到……

戴因在四十幾人的視線助勢下，擺出一副要使出必殺技的姿勢，靜止了兩秒鐘左右，然後轉過頭來說道：

「……不好意思，誰來讓我集一下必殺技計量表啦。」

「「「…………………」」」

黑暗星雲全團團員再度啞口無言，仁子「唉～～～」的嘆了一口長氣。

「沒時間了，我可要用最快的方法集喔！」

仁子喊完，拔出掛在左腰的小型手槍強化外裝。她先唰的一聲轉動彈筒，然後隨手扣下扳機。

發射出去的能量彈，毫不留情地射穿咖啡色長斗蓬，但對斗蓬內的虛擬角色本體則似乎只輕輕掠過，戴因只有上身微微晃動就挺住。想必是這些損傷換來了必殺技計量表，只見戴因這次真的大聲喊出了招式名稱。

「我要動手啦……『解毒之霧(Antidote Mist)』！」

他挺出的雙手發出鮮豔的黃色光芒，更有同色的光呈霧狀噴出。一碰到這些黃色的霧，粉紅色的毒霧就如同招式名稱中所說的解毒一樣，分解似的消失無蹤。

短短幾秒鐘內，直徑怕不有二十公尺的大團毒霧已經消失得乾乾淨淨，戴因轉過身來，雙手誇張地互拍。

「差不多就這麼簡單！」

緊接著日珥陣營立刻發出合群的歡呼與掌聲。

「喲！不愧是消毒王！」

「幫我也消個毒啊！」

春雪一邊想說總覺得步調被對方牽著走了，一邊跟著鼓掌，身旁的黑雪公主就喃喃說道：

「他果然是『Stronger』啊……原來他還待在日珥。」

「『Stronger』……？這是那個叫戴因的人的綽號之類的嗎？」

「對，說得正確一點，是『Stronger Name』。你看看他的體力計量表。」

春雪照她的吩咐，再次看向視野右側的整排計量表。受到損傷的只有一個，所以這次他立刻成功找到了看似屬於Dine的那條計量表。底下標記的虛擬角色名稱是【Iodine Sterilizer】。

「伊……伊歐……──這個是要怎麼唸啊？」

回答春雪這個問題的，是與黑雪公主並肩站立的楓子。

「是唸作『艾歐戴因．史特萊瑟』，鴉同學。」

「哇……這名字像是把兩個超級機器人的名稱疊在一起啊。」

春雪不由得嚇得後仰，再次看向這名寬邊帽虛擬角色。披風裡的情形他完全無從想像，而且也不懂「Iodine」和「Sterilizer」這兩個單字的意思，但至少名字唸起來的感覺，無疑是春雪過去見過聽過的所有虛擬角色名稱中第一等帥氣的。

「啊，所以綽號才叫作『Stronger Name（更強的名字）』啊……可是，為什麼是比較級？我倒是覺得既然名字這麼有霸氣，用最高級的Stongest也行啊。」

聽到春雪這麼說，黑雪公主與楓子瞬間互看了一眼，然後一起輕笑。

「既然都想到了這裡，只差一口氣就能找到答案嘍。別說這些了……會議似乎總算要開始了。」

聽黑雪公主這麼說而轉動視線一看，仁子正好用手指轉著手槍，轉身面向他們。

「……好了，礙事的毒霧也消失了，我們就來進行正題，開始聯合會議吧。Lotus，司儀的人選，就照事先講好的方式決定，可以吧？」

被問到的黑雪公主點點頭回答：

「嗯，沒有問題。」

「好。那，Pard、卡西、波奇，你們上前來。」

仁子彈響左手手指，日珥方面的集團中就有三個人出列。

一個是他熟悉的Blood Leopard，但另外兩人則是春雪初次見到的臉孔。分別是頭部兩側長了巨角的超大型男性型虛擬角色，以及一位背面披著毛茸茸長毛皮的中型女性型虛擬角色。

明明絲毫沒有攻擊的跡象，春雪卻感覺到一種比起綠之團（長城）幹部集團「六層裝甲（Six Armors）」是有過之而無不及的壓力，小聲說道：

「啊……他們該不會就是日珥的……」

「對，是『三獸士（Triplex）』的剩下兩個。」

不知不覺間來到他身旁右側的拓武小聲解說。

「高大的那個是『Cassis Mousse』，嬌小的是『Thistle Porcupine』。兩人都是實力和Leopard小姐並駕齊驅的高等級玩家。」

「發出來的鬥氣真不是蓋的。不過，我們的『四大元素』也沒輸啊！」

千百合在他身旁左側輕聲說道。她說得沒錯，從黑暗星雲方面出列的Sky Raker、Aqua Current、Ardor Maiden等三人，也絲毫不顯得退縮，抬頭挺胸走在三獸士身前並排站定。

光是兩個軍團的六名幹部面對面站定，整個對戰空間就變得劍拔弩張。畢竟現在的對戰模式，已經改成連哭泣的小孩子聽了也會收聲的亂鬥模式。萬一這種緊張感達到燃點，保證會引發天崩地裂的一大悲劇。

春雪正提心吊膽地看著對峙的六人，站在三獸士身後的仁子就突然大聲呼喊：

「預備……剪刀、石頭！」

六人配合她的喊聲，以驚人的速度舉起右手，揮了下去。六個拳頭在空中定住不動的瞬間，產生的衝擊波打在地面上，掀起了煙塵。

煙塵尚未消退，這次換黑雪公主大喊：

「布！」

嗡的一聲響，空氣震動得比先前更劇烈了。六人的手出齊的瞬間，甚至迸出藍白色的火花。經過兩次平手後，有兩人先遭到淘汰，這樣的過程重複三次，最後剩下的是Thistle Porcupine與Ardor Maiden這兩人。

留下的是個子最小的兩人，是單純的巧合，還是說加速世界的猜拳是身手敏捷的人有利呢？……春雪正想著這樣的念頭，兩人已經神速出了最後一拳，經過剎那間的靜止狀態後，舉起右手剪刀的是身披紅白雙色的巫女型虛擬角色。

Thistle聳著肩膀回到己方陣中後，Ardor Maiden就將腰桿挺得筆直，以堅毅而宏亮的嗓音宣告：

「那麼，就由我Ardor Maiden，擔任這場會議的司儀。」

「我沒異議。」仁子點點頭。

「麻煩妳了。」黑雪公主慰勞一聲，同樣各自退回自己的陣營中。

謠在雙方集團正中央，集四十餘人的視線於一身，卻絲毫不顯退縮地操作系統選單，將一個巨大的物件實體化。仔細一看，這是一塊高達兩公尺，寬達一公尺的白色木板。木板下方的角材延伸成木樁，插在地面上固定。

「那……那是什麼東西啊……？」

春雪喃喃一問，站在他身後的Magenta Scissor就把苗條的上半身湊過來回答說：

「『LL尺寸立牌』。用在告知決鬥等等的用途。」

「是……是喔……原來商店裡有賣這種東西啊……」

「可是，Maiden似乎是要用在不同的用途。」

她說得沒錯，謠接著拿出一根格外粗的長毛筆，把這枝會自動填充墨水的筆當成劍似的擺好架式，就在一片全白的木板上龍飛鳳舞地寫了起來。她以直書寫在右端的——

日珥

黑暗星雲

軍團合併會議

是這麼幾行字，她端正的字跡，讓以日珥方面占了大多數的人發出了「喔喔……」的感嘆聲。而將議題化為文字，也讓軍團合併這件找遍加速世界仍然罕見的大事漸漸帶有真實性，讓場面上的緊張感漸漸增加。

然而，多半是在場最年少的謠絲毫不顯得退縮，再度動起筆來。她將立牌左側的空白分為三大塊，在這三塊空白的右上角分別寫上【贊成】、【有條件贊成】與【反對】。

謠暫時放下筆，轉過身來，再度以宏亮的嗓音說道：

「就如各位所知，日珥和黑暗星雲，從今年一月到現在大約半年的時間裡，簽訂了休戰協定。可是，這終究只是一種不攻擊彼此領土的約定，幾乎完全不曾進行軍團間的大規模交流。相信也有不少人是在這場會議中才彼此見到，而且即使有著對白之團組成共同戰線的大義名分，我想，應該也會有人無法立刻就贊成兩個軍團合併。所以，我希望在場的各位想清楚，自己對合併是贊成、是有條件贊成，還是反對。」

這段台詞長得可怕，謠卻一次螺絲都沒吃就說完，讓春雪由衷佩服，還差點因此漏聽了她接下來所說的話。

「首先從黑暗星雲開始，贊成合併的人，請舉手報上名字。」

四周的團員都立刻舉手，春雪也趕緊筆直舉起右手。

當春雪繼黑雪公主、楓子、晶之後報上名號說：「我是Silver Crow！」，紅方就發出「是喔？」「就是他啊？」之類的交頭接耳聲，但立刻又被千百合活力充沛的喊聲蓋過。接著志帆子、聖實、結芽等Petit Paquet三人組報上名號，但再來就沒有人出聲，春雪趕緊朝後方看去，看見拓武與累都並未舉手。

還來不及驚奇，前面謠已經把包括自己在內的九名贊成者名字寫到贊成欄內，進行到下一步。

「那麼，請有條件贊成的人舉手。」

結果拓武和累迅速舉手，分別報上名號：「Cyan Pile。」、「Magenta Scissor。」春雪趁謠書寫兩人名字的空檔，小聲對兒時玩伴問起：

「喂……喂，阿拓，你是有什麼條件？」

「很簡單，晚點我會解釋。」

被他這麼一說，春雪也不能繼續追問，只好再度看向前方，結果謠正好放下筆。

「這樣黑暗星雲的所有人都表達過意見了。贊成者包括我在內有九個人，有條件贊成是兩個人。接著請日珥方面，贊成合併的人舉手，並報上自己的名字。」

她這句話說完的瞬間，仁子就率先舉起右手，報上名字。

「Scarlet Rain！」

接著令春雪鬆一口氣的是，「三獸士」也全都舉手。

「Blood Leopard。」

「Cassis Moose。」

「Thistle Porcupine。」

之後也陸續有對戰虛擬角色報上名字，春雪拚命想記住他們。

「Mustard Salticidae！」——有著鮮豔芥末色的嬌小女性型。

「Moss Moth。」——有著暗沉綠色，伸出大型觸角的男性型。

「Navy Lobster。」──身披深藍色重裝甲，蝦子似的男性型。

「Carnelian Alpheus。」──同為蝦子型的男性型，但身材修長，只有右手特別大。

接著報上名號的對戰虛擬角色，是春雪也認識的人。

「Peach Parasol！」──配有巨大傘型強化外裝的淡桃色女性型。是上個月底的領土戰爭中，跑來進攻杉並戰區的三人組其中之一。記得她是從上一代紅之王Red Knight時代就入團的老資格團員，卻願意贊成合併……會不會就是因為有過那一戰呢？

春雪神遊於這樣的想像時，其他人繼續舉手。

「Persimmon Monk。」──披著長袍，身材修長的男性型。

「Carrot Turret！」──人如其名，是有著胡蘿蔔色的嬌小女性型。

「Aconite Archer。」──配備藍紫色裝甲與同色十字弓的男性型。

「St. John's Wort Cheerer♪」──淡黃色，背上揹著小小翅膀的女性型。

「Ochre Prison……」──裝備巨大爪子的黃褐色男性型。他也是和Peach一起來進攻過杉並的人之一。

「Malachite Hex。」──滑溜的裝甲表面有著大理石狀紋路的深綠色女性型。

「Cantle Tank！」──有著咖啡色纖維質裝甲，中等體型的男性型。

「Elinvar Governor。」──頭部呈複雜機械狀的瘦弱男性型。

「Brick Block！」——全身由方形磚塊構成的紅褐色男性型。

這時日珥陣容的正中央忽然噴出白色煙霧，還閃出五彩繽紛的雷射光，春雪心想哇是要攻擊嗎，但他猜錯了。因為有三個色彩亮麗的人影從煙霧中跳了出來，以可愛的嗓音報上名字。

「Freeze Tone！」

「Cream Dream！」

「Blaze Heart！」

三人異口同聲……

「「「我們是……『太陽圈（Heliosphere）』！」」」

她們擺出姿勢的瞬間，雷射光閃爍得格外劇烈，讓春雪忍不住反射性地鼓掌。接著聽見在他右邊同樣拍著手的聖實喊說：「好厲害，是太陽圈！」於是挪過去幾步問說：

「太……太陽圈……是什麼？」

「烏鴉同學，你都不知道喔？是加速世界人氣排名第二、三名的偶像團體！她們的歌卡賣得有夠好的！」

「…………第二、三名…………」

這也就表示，還有凌駕在她們之上的偶像團體存在，但春雪決定晚點再問個清楚，先把視線拉回去。三人組中站在右邊擺姿勢的Blaze Heart擅使火焰，先前和Peach Parasol與Ochre Prison

一起來打領土戰爭，當時春雪對她也產生了「像個偶像明星」的感想，只是作夢也沒想到她竟然真的在從事偶像團體活動。

正想著下次就買個卡片來看看，但又不知道要去哪兒買，三人組已經收起姿勢，往後退開，這樣贊成合併組已經舉手完畢。謠流暢地抄寫完名字，告知人數。

「謝謝各位。贊成的一共有二十一人。那麼，接下來請有條件贊成的人舉手報名字。」

場上立刻就傳來新的喊聲。

「Spruce Brevis！」——有著巨大鏡頭眼的咖啡色男性型。

「Cinnamon Palaemon。」——雙臂格外長的淡咖啡色女性型。

「Paprika Caprice～」——有著鮮豔橘色的嬌小女性型。

「Beet Beat。」——雙手圓滾滾的紅紫色男性型。

「Lavender Downer……」——身穿淡紫色有如學校制服般服裝的女性型。

「Amber Captor。」——人如其名有著琥珀色半透明裝甲，和仁子差不多嬌小的女性型。

「Straw Barrier。」——裝甲像是用淡黃色細管綁成的，高大的男性型。

「Further Stick。」——形狀與質感和Straw Barrier相似，但全身裝甲是以更粗的咖啡色棒狀物構成的男性型。

接著同時舉手的，是三名有著團隊氣氛的對戰虛擬角色。一看到他們，就覺得站在附近的晶身上的水流裝甲似乎微微波動，但春雪沒有機會問理由。

「Vermilion Vulcan。」——裝甲是深紅色，雙手備有大型機關砲狀強化外裝的男性型。

「Carmine Canon。」——裝甲同樣是相當高純度的紅色，個子很高的女性型。

「Maroon Motor。」——有著紅褐色裝甲，背上背著巨大筒狀物的男性型。

舉手就到這裡停住，謠轉過身來。

「謝謝各位。有條件贊成是十一人。那麼最後……請反對合併的人舉手報名字。」

到了這個節骨眼上，再怎麼說也沒有團員會反對吧……春雪是這麼想的。

這時卻有唯一一個人，甩動一身長披風，高高舉起右手。這人的身影讓人不可能看錯，因為他就是先前提議變更為亂鬥模式，一招清除了瘟疫空機毒霧的寬邊帽男。

「——Iodine Sterilizer！就算只有我一個，我也要反對！」

這名有著「Stronger Name」這個帥氣外號的帽子男，堂堂正正表達反對意見之後放下了手。謠迅速在反對欄寫上他的名字，再轉過身來。

「非常謝謝各位。經過計票，兩軍團合計是贊成者三十人、有條件贊成者十三人，反對者一人。結果顯示大多數人贊成軍團合併，但我身為司儀，是認為如果大家能在這場會議中好好討論，得到所有人的贊成，才是最好的途徑。請問到這一步，有沒有哪位有異議？」

對謠這個問題，立刻又筆直舉起手的，就是獨自唱反調的Iodine Sterilizer。

紅之團 PROMINENCE 團員表

軍團長
Scarlet Rain

三獸士（獸組）

Thistle Porcupine　Cassis Moose　Blood Leopard

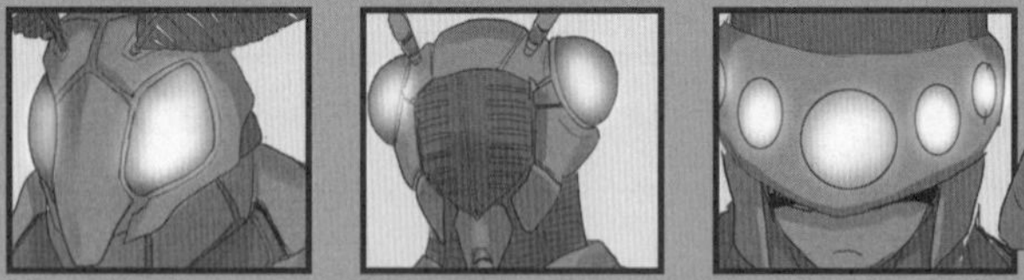

Moss Moth　Spruce Brevis　Mustard Salticidae

蟲　組

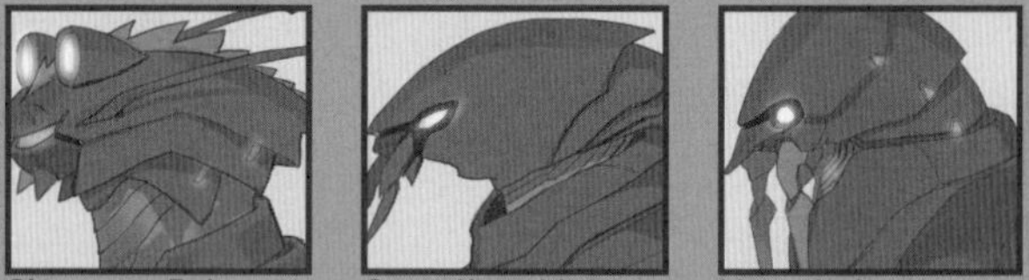

蝦　組

Cinnamon Palaemon　Carnelian Alpheus　Navy Lobster

水果組

Persimmon Monk　Peach Parasol　(Cherry Rook)(點數全失)

蔬菜組

Beet Beat　Carrot Turret　Paprika Caprice

花　組

石　組

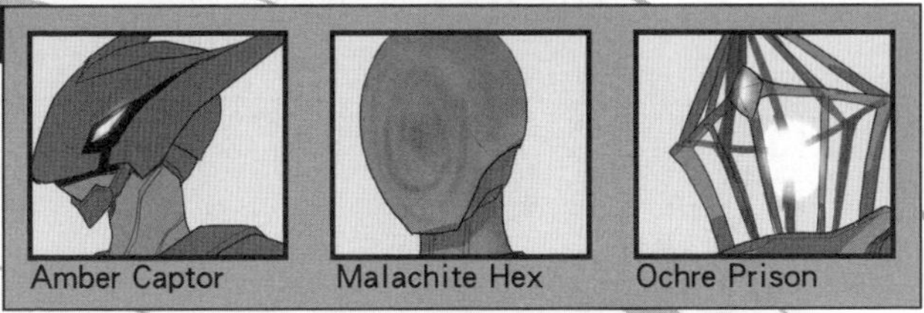

鐵　組

小豬組

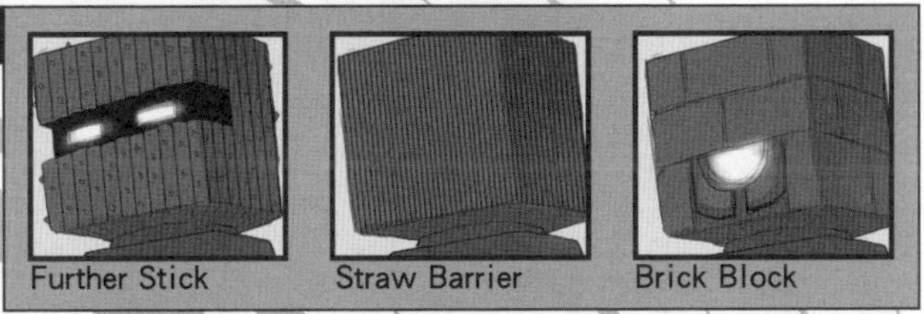

偶像組（太陽圈）

三重士（大砲組）

「我有異議！」

「Iodine兄，請說。」

在謠的促請下，矮小的帽子男跳上前來，扯起嗓子發出相當有男子氣概的嗓音。

「我剛才也說過，我反對日珥和黑暗星雲合併，也不打算討論過就改變主意！而且要是講一講就會改變意見，那明明就是有條件贊成了！」

「……也是啦，的確是這樣……」

千百合小聲說完，周圍包括春雪在內的幾個人點了點頭。

相對的，擔任司儀的謠則以鎮定的聲音回答：

「如果不介意，可以請你說明反對的理由嗎，Iodine兄？」

「我也正有這打算！你們聽好了，我反對的理由只有一個……」

Dine說到這裡先頓了頓，然後莫名地朝春雪一指，大喊：

「——因為如果不但停戰協定沒結束，甚至還搞出合併這種事來，我就真的再也不能跟那邊那個跟我搶『消毒王』寶座的Silver Crow打了！」

鴉雀無聲的寂靜中，春雪先四處張望，確定有著Silver Crow這個名號的超頻連線者只有自己一個，然後才以有點破嗓的聲音大喊：

「啥……啥啊啊啊啊啊？我……我才沒跟你爭這種東西！而且從來就沒有人叫我什麼消毒

王！」

「Shut u————p！」（囉唆）

Dine立刻吼了回來，伸出的右手換成握拳姿勢胡亂揮舞。

「我啊，從以前就最討厭那些銀（Ag）類的什麼抗菌產品啦、制汗爽身噴霧啦！說什麼抗菌光譜更廣之類的鬼話，明明就沒什麼殺菌力，卻給我包裝成時尚的形象拿出來賣！」

「就……就說我根本沒拿殺菌力當成賣點過了！」

「You are a liar！」（別給我裝蒜）

……這個人，要是軍團合併，跟Ash兄好像會很合得來，又好像不會。

春雪正轉著半逃避的念頭，Dine就再度指著春雪，指出他意想不到的一件事。

「你，之前在千代田區對戰的時候，就曾經斬釘截鐵地宣告過，我可不准你說你忘了！當時你說：『我是「白銀」，毒對我不管用！』！」

「咦……咦咦！是……是我說的嗎？我……我說過這樣的話嗎……」

春雪拚命挖掘記憶，結果Aqua Current輕輕對他說了一句：

「你的確說過。」

「咦？為……為什麼可倫姊會知道？」

「因為你當時就是跟我組搭檔。」

聽到這句話，春雪的記憶總算轉為鮮明，「啊啊！」地大叫一聲。

那是在去年十一月，春雪才剛升上2級的時候。當時春雪因為貿然升級，面臨點數枯竭的危機，於是委託加速世界唯一的保鏢「The One」也就是Aqua Current——當時春雪還不知道她就是黑暗星雲的四大元素之一——在千代田進行搭檔對戰，幫他把點數賺回到安全圈內。

當時的第一戰，春雪在滿是毒沼澤的「腐蝕林」空間裡，對上擅使電擊的棘手強敵Nickel Doll時，就先把自己連著敵人一起拖進毒沼澤，然後確實說了這句話。說我是白銀，毒對我不管用。

「啊……對……對不起戴因兄，我的確說過……」

「看來你總算想起來啦！」

戴寬邊帽子的虛擬角色右手仍然指著春雪，左手像大車輪似的轉動。

「我自從聽說了這件事之後，就決定遲早有一天，要用對戰來分個清楚，看看你跟我，誰才配得上消毒王的寶座！結果呢？沒過多久，我們團和黑暗星雲就訂下了停戰協定，我等協定解除等了整整半年，結果這次竟然說要讓軍團合併？那我這火熱的消毒魂要怎麼辦才好！」

聽他喊完這番像是與自身超級機器人式的名稱很搭調的熱血台詞，春雪先發呆了好一會兒，然後舉起右手回答：

「這……這個，這消毒王的寶座我樂意奉送……我本來就沒想要這個名號……」

「Don't mess with me（開什麼玩笑）！」

戴因用這姑且不論發音，至少文法上很正確的英語大喝一聲，右手往旁一攤。

「加速世界裡！沒有哪一樣東西，是不用打就能贏來的！除非跟你認真打一場而且大獲全勝，否則我就沒辦法抬頭挺胸說自己是消毒王啊——————！」

「…………………是要我怎樣啦……」

春雪喃喃說完，就看見站在前方的黑雪公主與楓子同時一副沒轍的模樣搖搖頭。

「……『Stronger』還是老樣子啊……」

「……是啊……似乎還放不下當年那一戰啊……」

「請問一下，老師，妳說的『當年那一戰』是怎麼回事？」

春雪小聲這麼一問，楓子就讓輪椅微微後退，輕聲說：

「Iodine啊，以前曾經跟一個超頻連線者搶另一個外號，卻搶輸了。」

「咦……另一個外號？是搶『Stronger Name』嗎？」

「你答對了一半。說得精確一點，就是因為那場對戰打輸了，才會叫作『Stronger』。只是當時對方也是說外號這種東西他樂意奉送……」

「是……是喔……」

總覺得有聽沒有懂，但已經深切感受到Iodine Sterilizer從以前就是走這種路線，讓春雪又嘆了一口氣。

就在這個時候，擔任司儀的謠伸出了援手。

「Iodine兄，那麼，是不是只要達成和Silver Crow對戰的目的，你就願意贊成合併呢？」

被這個春雪所知範圍內可以擠進可愛系對戰虛擬角色前五名的黑髮巫女一問，戴因先僵住了一會兒，然後含糊地點了點頭。

「這……這個嘛……說起來，是會變成這麼回事啦……」

「了解。那麼，就這麼辦吧。」

謠點點頭，轉過身來直視春雪，說道：

「鴉鴉，不好意思要麻煩你，但難得模式已經換成亂鬥，你要不要當場就跟戴因兄打一場？」

「…………咦…………咦咦咦咦！」

春雪這次用完全破嗓的聲音大叫，朝四周的伙伴們看了一眼，但無論黑雪公主等人、千百合等人、Choco等人，還是Magenta，都一臉「原來如此」的表情點頭。

既然如此，春雪再將視線轉向仁子與Pard小姐身上，豹頭虛擬角色一副想說「SRY」的模樣聳聳肩膀，紅之王也只是手刀一劃。相對的，日珥方面的其餘三十人，無論贊成派還是有條件贊成派……

「喔喔～這主意不錯嘛！」

「消毒大戰，我超想看的！」

「都特地來到中一戰區了，總不能連這點餘興節目都沒有啊！」

都一齊發出歡呼。

…………所以我剛剛才不想變更模式啊！

春雪內心發著牢騷，但看來是無路可逃了。春雪這邊並不打算執著於「消毒王」這個外號，何況他今天才第一次聽說有這回事，所以並不需要贏得對戰，但問題是日珥方面有著以「三獸士」為首的諸多強者在場。即使想放水故意打輸，也會立刻被看穿，甚至有可能因為被指責說他玷汙了對戰的精神，導致軍團合併這件事泡湯……也就是說，一旦接受這個挑戰，無論如何都必須全力應戰……而且還必須在這麼多人面前打出一場不愧為黑暗星雲代表的對戰才行。

正當他產生一種裝甲下的虛擬人體都在冷汗直流的錯覺中，呆站在原地不知如何是好——

黑雪公主退後一步，站到春雪左側，舉起右手劍。

銳利的劍尖籠罩在溫暖的光芒中，發出霹的一聲輕響，分離為五根手指。她以這隻用心念創造出來的手，用力握住春雪的左手，把面罩湊到他耳邊輕聲說：

「Silver Crow，開心去打就好。這個地方，沒有一個人對你有惡意。Iodine也只是把你當成好對手，想跟你認真打一場罷了。你是超頻連線者，在加速世界受到了挑戰。既然如此……」

「……唯一要做的就是一心一意地對戰，是吧？」

春雪輕聲回答劍之主的同時，全身的僵硬都迅速消退。

沒錯……無論是黑暗星雲的十一人，還是日珥的三十三人，大家都是超頻連線者。就只是純粹喜歡BRAIN BURST這個遊戲，喜歡對戰，喜歡加速世界，想保護這些，才會聚集在這裡。春雪也是一樣。既然如此，就沒有理由害怕。像平常那樣全力奮戰，打贏會高興，打輸會懊惱——這樣應該就夠了。

春雪先對與黑雪公主牽起的左手一瞬間灌注力道，然後張開左手，從伙伴群中上前幾步，大聲回答：

「——我明白了，Iodine兄！我接受你的挑戰！」

「好啊，就是要這樣才對！」

戴因剽悍地一喊，右手抓住帽簷，左手抓住披風肩口部分。

當這些東西嘩啦一聲被扯開，春雪一看見底下露出的Iodine Sterilizer真正模樣，不由得「咦」的驚呼出聲。原因很簡單，因為他的對戰虛擬角色，造型一點都沒有超級機器人的樣子。

軀幹是少有凹凸的圓筒狀，接上細細的手腳，以及上細下粗的筒狀頭部。身體的顏色是深咖啡色，頭與手腳則是鮮豔的虹色。配色屬於遠距離型，但根本看不出會使出什麼樣的攻擊。再加上春雪總覺得這種軀幹和頭部的造型，跟某種他所熟知的物體很相似，偏偏想不起那是什麼。

……早知道就該先找人問過「Iodine」跟「Sterilizer」是什麼意思。

現在才想這些，也是為時已晚。只能在戰鬥中看出對方擅長與不擅長什麼了。

春雪與戴因展開對峙，雙方團員都拉開一大段距離，退到大樓的牆邊。只有謠獨自留下，像是察覺到了什麼似的對戴因問起：

「對了，Iodine兄，先前你為了消除對戰空間的毒霧而受到Rain姊的攻擊，就這麼直接開打，沒關係嗎？」

聽她這麼一說，才發現的確如此，仔細一看，戴因左肩的裝甲上，還留著被能量彈掠過的痕跡。然而有著「Stronger」外號的他，以裝模作樣的姿勢豎起大拇指回答：

「No problem。」

「我明白了。那麼……」

謠點點頭，將右手輕輕舉到頭上。

「——一方是日珥團員Iodine Sterilizer，另一方是黑暗星雲團員Silver Crow。對戰……開始！」

謠右手往下一揮的瞬間。

戴因出乎春雪的意料之外，一口氣拉近距離。這人明明屬於紅色系，卻敢找基本上適合格鬥戰的金屬色角色互毆，是對格鬥格外有自信，還是說單純只是自己被他給看扁了——

春雪腦海中閃過這樣的念頭，但仍本能地擺好架式防備。系統偵測出交戰狀態，自動把戴因的體力計量表擴大顯示在視野右上方。顯示在名字旁邊的等級是6級，和Silver Crow一樣。這下就更不能輸了。

然而，戴因的第一下攻擊卻出乎他意料之外。

「Take this（吃我這招）！」

他剛喊完這一聲，從拳頭根本還打不到的距離，就筆直伸出攤開五隻手指的右手，從位於手掌正中央的噴嘴狀零件噴出咖啡色的霧。

春雪避無可避，被噴霧在臉上噴個正著，視野遭到剝奪的同時，一陣強烈的刺激性臭味讓他一口氣喘不過來。設定上對戰虛擬角色不需要呼吸氧氣，在水中或宇宙空間也一樣能打鬥，但裝甲下的虛擬人體存在著呼吸的感覺。這也就表示，一旦呼吸的感覺受到氣味或衝擊所阻礙，身體的動作也會反射性地一瞬間有所停滯。

春雪從剎那間的僵硬中恢復過來，趕緊用左手擦拭鏡面護目鏡，同時試圖往後跳開，但這時戴因已經貼了上來。

「Smash！」

他在這種美式呼喝聲中使出的左腳中段踢，命中了春雪的右腹部。春雪驚險地溜過緊接著襲來的右過肩拳，順勢縱身衝向右前方，一個前滾翻拉開距離。

春雪一邊轉身，一邊檢查剛才被咖啡色噴霧噴到，是否受到了什麼阻礙系效果（Debuff），但目前並未受到持續性損傷，五感也沒有異狀。挨那一踢造成的體力計量表減少幅度也不到五%。

既然如此，也就不免湧起疑問，懷疑戴因噴射的那種有刺激性氣味的咖啡色液體到底是做什麼用的，但答案卻從他意想不到的地方出現。

在戰鬥開始時，戴因的軀幹應該整截都是深咖啡色，現在卻只有肩膀附近化為半透明的灰色，微微看得出內部極細的虛擬人體。而且咖啡色與半透明的界線，還隨著戴因的動作而餘波蕩漾。

——那咖啡色的部分，是液體？

半透明的圓筒狀身體裝滿咖啡色液體，從手噴射出去多少，水面就會降低多少……？

「啊…………啊！」

想到這裡，春雪才總算想起戴因的軀幹是跟什麼很像。

是像家裡急救箱裡常備的一種，老字號的漱口水。而且被液體噴到時的刺激氣味，也跟那種藥水一模一樣。

「你這模樣……是Isodi……」

「Sto————p！」

戴因伸出左手大聲制止，春雪猛然閉上嘴。消毒王豎起食指，用裝模作樣的動作搖了搖。

「那是商品名稱，可不能說出來。要是想說，就講成分名的『聚維酮碘（優碘）』吧。」

「聚……聚維酮……？」

「英文是唸作Povidone-iodine。」

「咦……這也就是說……」

春雪凝視著戴因那與漱口水瓶蓋一模一樣的頭部，大聲喊說：

「你的Iodine，原來就是碘嗎？」

「Yes！」

「這……這麼說來，Sterilizer是……」

「我就出血大放送地告訴你吧，Sterlizer或Sterilizer，指的就是殺菌劑——也就是說！」

戴因擺出帥氣的姿勢，帥氣地宣告：

「擁有Iodine Sterilizer，也就是『碘殺菌劑』這個名字的我！才是加速世界最強的消毒能力者呀！」

——你呀個什麼勁兒啊？

春雪陷入已經不知道第幾次的啞口無言狀態，然後勉強再度激發起鬥志。

他對消毒王的稱號毫不執著，但相信戴因要的不是對戰的結果，而是過程。無論出於什麼樣的理由，既然代表黑暗星雲接受了挑戰，就非得卯足百分之百的力量奮戰不可。

「呃……呃……我是受過Iso，不，我是說我的確受了優碘漱口水的照顧，可是我既然也有著白銀的顏色名，可不能輸在殺菌力上！消毒王的稱號，今天就要你讓出來！」

春雪只是隨口挑釁，但對Iodine似乎完全起到了作用。嵌在瓶蓋狀頭部的細長橫向鏡頭眼發出強烈的黃光，軀幹內的咖啡色液體劇烈搖晃。

「Well said（說得好）。這下似乎總算可以打一場真正的對戰了……等會兒還有會要開，看我五分鐘內就擺平你！」

「那我三分鐘就擺平你！」

春雪剛反嗆完，這次自己主動上前。

戴因的基本戰術，想必就是用消毒水的障眼法搭配打擊攻擊。這種液體會往廣範圍噴灑，要閃避或格擋都很困難，但只要忍耐得了氣味，消毒水本身不會造成損傷。而且如果每次發射消毒水，軀幹內的液體都會減少，相信可以噴的次數也是有限的。

「消毒！」

戴因這次用日語呼喊，從左手噴射優碘液。春雪事先停止呼吸，用左手只遮住護目鏡，任由消毒水噴在身上，正面硬衝過去。

春雪這彷彿在報剛才一踢之仇而踢出的左腳中段踢，命中戴因的軀幹。對方也不認輸地使出右直拳反擊，但這次春雪眼睛看得清楚，用左手穩穩格擋住。

戴因立刻用右手也噴出優碘液，但春雪轉身讓他噴在背上，再從這個動作轉為反手拳。拳頭磨在戴因的瓶蓋頭上給予痛擊，打得他腦袋轉個不停，眼看就要從瓶身轉下……儘管這樣的情形並未發生，但已經讓這個小型輕量的虛擬角色身體猛然後仰。

——好機會！

春雪往前衝去，要順勢展開搶攻，一口氣分出勝負。戴因身體往後傾斜，勉強搶踢出一記前踢，但沒加上體重的踢腿根本不可怕。春雪用左手撥開，就要順勢貼上去……

啵一聲令人不舒服的衝擊，發生在春雪的左手。

起初他還以為是戴因的右腳被他這完美的格擋擋得破損，但實際情形卻非如此。是覆蓋在Silver Crow左腕的堅固金屬裝甲龜裂，嚴重凹陷。而且就連白銀的光芒，也在不知不覺間消失，像生鏽似的發黑。

「這……？」

春雪大吃一驚，再度以前滾翻拉開距離。

他起身後趕緊檢查全身，發現變黑的不是只有左手。胸口、肩膀，相信背上也一樣，凡是被戴因的消毒水噴到的地方都不例外，裝甲都變色了。

「生……生鏽了？為什麼…………」

戴因若無其事地回答春雪的驚呼。

「那當然，因為你被我噴到這麼多噴霧。」

「等……你……你不是說那只是漱口水嗎！」

「是漱口水啊，只是濃度不太一樣。」

戴因先嘴角一揚，然後才說下去。

「Silver Crow，看來你還是國中生啊？」

「……為……為什麼這麼說？」

「因為你好像在學校還沒學到碘化物啊。你記清楚了，我消毒水主要成分的碘，對幾乎所有金屬都有著強烈的腐蝕性。鐵和銀是不用說，連鈦和金都能溶解。」

「嗚嗯…………」

春雪忍不住發起牢騷。他在學校的確尚未上到這一課，而且即使學過，第一次碰到時多半也無法因應。所以戴因的消毒水不單只是有惡臭的障眼噴霧，更是可怕的金屬色驅除噴霧。

發黑生鏽的裝甲，攻擊力與防禦力都已經形同虛設。接下來他必須完全閃過噴霧與打擊，用還算完好的右拳與雙腳，對對手造成損傷才行。對上同屬6級的對手，真的有辦法辦到這種事嗎？

春雪下意識地伸手去碰左腰，但又趕緊收回。他尚未完全掌握「那個」。在依賴還不成氣候的招式前，還多得是辦得到的事。哪怕對手是堪稱金屬色天敵的敵手也不例外。

換做是以往的春雪，相信腦子裡多少會認為對上這麼剋制自己的對手，會打輸也是無可奈何。然而對於這樣消極的春雪，有黑雪公主與四大元素、有在他難過時一定會鼓勵他的拓武與千百合，還有仁子與綸等許多朋友，以及和他展開過多場激戰的無數好對手，給了他一種寶石般的信念。

這股信念還很渺小，不時會迷失，但始終在內心深處持續發光的這顆寶石，叫作──勇氣。一種敢於將出洋相、脆弱、難看的自己袒露出來所需的勇氣。

輸了也沒關係，但只有在卯足最後一絲氣力與智慧，掙扎再掙扎之後，才可以輸。

春雪深呼吸一口氣，重新擺好架式，戴因似乎也從他身上感受到了某種變化，收起老神在在的感覺，舉起了右手。手掌上的噴嘴，就像槍口似的瞄準了春雪。

看來戴因軀幹內部的消毒水，每噴一次大約會消耗一成。剩下的量大約七成，也就是說算來只要再讓他噴灑七次就會噴完，但相信對方當然也很清楚這一點。就看是戴因的消毒水先噴完，還是春雪的裝甲先全部被腐蝕完──

「——來吧！」

春雪大喊一聲，蹬地而起。

他以直線高速衝刺拉近距離。戴因似乎也在一瞬間判斷出這不是假動作，把左手也往前伸，從兩個噴嘴同時噴霧。

要閃終究是來不及的。春雪轉而在急減速的同時，展開了先前一直收納在背上的Silver Crow最強大的武器——白銀雙翼。

或許是先前噴到背上的消毒水多少貫穿了裝甲，讓這些極薄的金屬翼片上多了些黑色斑點，但損傷並未大到會讓翅膀喪失功能。春雪牢牢踏穩雙腳，用逆向噴射的要領，將推力往前方釋放出去。

只聽得空氣嗡的一聲劇烈晃動，春雪一口氣把這些咖啡色的霧氣從眼前推了回去。

「Wha？」

戴因忍不住發出聽不出是英語還是日語的驚呼，伸手想防禦臉部，但稍稍慢了一步。多半是消毒水噴上了鏡頭眼吧。

「好刺啊——————！」

他發出慘叫，揉起雙眼。春雪當然不會放過這個破綻。

「喝……呀啊！」

他讓翅膀的推力翻轉過來，展開全速低空衝刺。左腳一記腳尖踢，剜進了戴因的軀幹下半段。一陣轟然悶響，半透明的裝甲凹陷達到五公分以上。

終於完成的一記痛擊，讓敵人的體力計量表減少了一大段。照春雪本來的戰法，接下來就要以運用背上翅膀的空中連段（Aerial Combo）攻擊展開搶攻，但面對這個對手，張開翅膀不收是很危險的。春雪趕緊將翅膀收進背上，想再度拉開距離——

「你別想跑！」

戴因發一聲喊，雙手交叉，雙眼發出深紅色的光芒大喊：

「『酸霧（Acid Mist）』！」

——必殺技！

春雪拚命想逃出招式的射程，但他的努力白廢了。從戴因的雙手噴射出來的深紅色霧氣，以數十倍於正常噴霧的勢頭，在整個空間中散開，完全吞沒了春雪。

「喂喂不要把觀眾牽連進去！」「後退後退！會受到損傷的！」從很遠的地方傳來日珥團員的呼喊，但春雪沒有心情去顧慮這些。全身裝甲碰到紅色霧氣，轉眼間就開始泛黑，體力計量表更在滾燙的疼痛中迅速減少。

從招式名稱聽來，多半是一種往廣範圍散播強酸霧氣的招式。即使想用跑的逃脫，霧氣卻連原則上無法破壞的地面都慢慢溶解，化為黏液抓住春雪的雙腳。這種必殺技雖然單純，效果與威力卻極為駭人。

剩下的逃脫手段只剩下飛行能力，但要是在這霧中張開翅膀，已經受損的金屬翼片也許就會受到決定性的損傷。

遇到這種時候，黑暗星雲的幾位高等級玩家會怎麼做呢？

黑雪公主常態以浮遊移動，地面的黏液應該對她不管用。相信她轉眼間就會擺脫酸霧，對敵人施以狠辣的反擊。

楓子的輪椅也許會被黏液黏得無法移動，但她有著強化外裝「疾風推進器」。只要讓那有著堅固裝甲的推進器點火，轉眼間就能擺脫酸霧。

謠雖然沒有特殊的移動手段，但相對的可以施加不愧「劫火巫女」外號的高威力火屬性攻擊。相信只要使出必殺技「火焰暴雨（Flame Torrent）」，一舉就能將這酸霧蒸發得乾乾淨淨。

至於晶，酸霧對她恐怕根本就沒有意義。她的水流裝甲雖然得花點時間，但能夠淨化雜質，區區酸霧應該肯定能夠中和。

遺憾的是，她們四人的因應之道，春雪都無從模仿。那麼，換成是以前的「四大元素」最後一人——「矛盾存在（Anomaly）」Graphite Edge，他又會怎麼做呢？

這位雙劍士將對戰虛擬角色的所有潛能，都灌注到兩把長劍之中，讓楓子說他是「劍才是本體的人」。據春雪所知，他自己沒有任何特殊能力。裝甲也很薄弱，想起來他應該沒有手段能夠對抗這種酸霧，然而春雪完全無法想像他的體力計量表被削減到零而倒下的模樣。相信他一定會胸有成竹，悠遊自得地，以任何人都意想不到的手段擺脫困境。

沒錯，換成是Griphte Edge，多半——

這一瞬間，春雪的知識與創意起了化學變化，腦幹裡就像放起煙火似的劇烈閃爍。

既然空中不行……

「……那就從底下！」

春雪右手五指併攏伸直，滿足全力往腳下一插。Silver Crow有如劍尖般鋒銳的手刀，深深穿進被酸霧軟化的對戰空間地面，直沒至手肘。

當然並不是這樣就能擺脫酸霧。體力計量表仍然持續減少。然而……

春雪抽出右手的瞬間，就有一種東西猛烈地從地上開出的孔洞噴出。鮮明的淺藍色氣體。那是「瘟疫」空間的毒霧。

這個空間的地形效果，就是地面上到處都會隨機噴出毒霧。既然如此，只要在地面上鑽孔，就有可能主動引發這種現象……而毒氣噴出的勢頭，有可能排除戴因的酸霧，哪怕只有短短幾秒。春雪就是想到了這一點。

他的推測猜中，紅色酸霧從四周消失，被改寫為新毒霧的淡藍色。由於裝甲已經生鏽，發揮不了銀的抗毒作用，相信這種毒霧也會帶來某種妨礙效果（Debuff）。如果這效果是癱瘓必殺技計量表，這個舉動就會完全以失敗作收，但襲向春雪的是所有聲響遠去的感覺。毒霧的效果多半是阻礙聽覺。既然如此，就不會影響他接下來要做的事。

「————！」

春雪無聲地蓄足力道一發，一口氣張開背上的翅膀。由於酸霧已經被噴開，金屬翼片並未因此受到損傷。儘管濃濃的毒霧讓他看不見天空，但他仰望地面的相反方向，卯足全力振動翼片。

抓住他雙腳的灰色黏液就像橡膠似的延展，妨礙他離地，但這也只是一瞬間的事。春雪鍛鍊至今的銀翼，輕而易舉地甩開黏力，虛擬角色以猛烈的速度射向天空。

春雪穿出濃密的毒霧空間，繼續以全速上升。由於聽覺受到阻礙，風切聲與觀眾的聲音都傳不過來。春雪就在寂靜的世界裡，衝上黃綠色的天空。

到了高度超過一百公尺後，他張開翅膀急減速，一邊轉移為懸停狀態，一邊俯瞰下方。在公園東側，戴因噴出的深紅色酸霧與地面噴出的淺藍色毒霧複雜交錯，呈現一片混沌的樣貌。在雙重毒霧區域的邊緣四處張望的人影，多半就是Iodine了。他似乎不會因為自己噴出的酸霧而受到損傷，但由於碰到了淺藍色的霧氣而聽不見聲響，似乎並未發現春雪已經離地。

雙方體力計量表的狀況，是戴因還有七成，春雪卻只剩三成。這是逆轉的最後機會。

「上……啊————！」

雖然連自己的聲音都幾乎聽不見，但春雪仍然猛力呼喊，同時有如流星般俯衝。像長槍一樣挺出的右腳腳尖壓縮空氣，發出紅光。連受到阻礙的耳朵，也微微聽見了高亢的衝擊聲。

地面上的戴因多半也總算注意到了這個聲響，猛一抬頭。

但就在零．一秒後，春雪卯足全力的俯衝下踢，已經一腳穿進戴因身上。

他瞄準的不是頭部，也不是有著噴霧噴嘴的手，而是先前以一記腳尖踢踢得裝甲凹陷的軀幹下半部。

儘管幾乎聽不見聲響，仍有強烈的震撼傳遍全身。Silver Crow尖銳的腳尖，猛烈撕開了戴因的半透明裝甲，衝擊更讓這個小個子的虛擬角色高高飛上天空。

春雪勉強成功用腳著地，一邊為了逃開就在他身後不遠處繼續擴大的毒霧區域而奔跑，一邊抬頭看向上空的戴因。

戴因一邊不知道嚷嚷些什麼，一邊在空中旋轉，還剩下的一半消毒水，從軀幹開出的大洞猛烈噴出，灑下咖啡色的雨。春雪為了避開這些雨點而加快速度，追過戴因，在預測落點處回身等他摔下。

Iodine被俯衝下踢踢個正著，體力計量表已經低於五成，尚未接觸到地面，春雪就展開了他必殺的空中連段攻擊。

「喔喔喔喔喔！」

春雪以不惜用光剩下所有必殺技計量表的勢頭，反覆做出短距離推進，接連將平常理應無法連續使出的大動作拳打腳踢打在他身上。戴因身在空中時，就已經將消毒水灑得一滴不剩，所以已經不用擔心再遭到噴霧攻擊。春雪恨不得把先前一路挨打的鬱悶加倍奉還，持續搶攻。

Iodine當然並非毫不抵抗，他試著以打慣了格鬥戰的犀利拳擊反擊，但由於被春雪一直打上空中，根本無法看準目標出拳。唯一要提防的就是那似乎無論身上是否剩下消毒水都能使出的必殺技，但春雪已經連喊出必殺技的機會都不想給他。

聽覺阻礙在對方的體力計量表剩下兩成左右時消失，一陣機槍般的擊打聲響中，傳來戴因嚷嚷的喊聲。

「我……我才不會就這麼被幹掉！」

「不對，我要就這麼贏到底！」

春雪喊了回去，為了把他剩下的計量表消磨到底而正要加快連擊速度時……

「——到此為止！」

一個清新的喊聲，撕裂了所有戰鬥聲響，讓春雪反射性地停下攻擊，往後跳開。

重重摔到地上的戴因，也立刻抬頭看向公園正中央。

在巨大枯樹下筆直舉起右手的，是自願擔任這場對戰裁判的Ardor Maiden。這名嬌小的巫女一邊放下手，一邊以響亮的聲音說：

「對決就到此為止，請雙方停止攻擊。」

「好……好的！」

春雪回答完，放下了擺出架式的雙手。戴因也慢慢站起，一副沒轍的模樣搖搖頭。

「唉唉唉，這可被打了個漂亮的大逆轉。真沒想到你竟然會用那種方法擺脫我的『酸霧』啊！」

「是，也……也還好啦……」

春雪忍不住鞠躬致意，然後想起一件事，朝後方看去。在公園東側，戴因的酸霧幾乎已經完全消失，但從地面噴出的淺藍色噴霧仍洶湧翻騰。

這些霧氣應該很快就會乘著風飄來，一旦碰到霧氣，就會聽不見聲音。從妨礙會議進行的這一點來看，比持續性損傷更棘手。

在地上打出洞而讓毒霧噴出的人是春雪，所以總覺得自己似乎有責任處理，但那種規模的霧實在沒辦法用翅膀搧走。春雪正手忙腳亂地不知如何是好，戴因就來到他身旁說道：

「Don't Worry（別擔心）。我會用你幫我集的必殺技計量表來處理掉。」

他隨手伸出雙手。

「『解毒之霧』！」

戴因一喊出招式名稱，雙手噴嘴就噴出黃色的光芒，碰到水色的毒霧。兩者接觸到的部分閃閃發光，戴因的必殺技在短短幾秒鐘內，就將巨大的一團毒霧淨化完畢。

緊接著——

「Nice Fight！」

「這對戰打得漂亮——！」

「下次也跟我打一場喔——！」

種種如雷的歡呼聲從右方灑下，讓春雪趕緊轉身。結果他看見東西向延伸的中央公園東棟二樓，日珥與黑暗星雲的團員們要好地並排站著觀看。

Iodine立刻舉起雙手回應歡呼，所以春雪也趕緊有樣學樣，同時小聲問起一件他非常在意的事。

「Iodine兄，請問一下，這一來……『消毒王』的稱號要怎麼算……？」

結果戴因朝雙方的計量表瞥了一眼，大動作聳了聳肩膀。

「剩下的血條怎麼看都是你比較多吧？說來遺憾，但稱號就留到下一次對戰吧。」

接著他突然讓音量加倍，明明白白地宣告：

「——Silver Crow。從今天起，你就是加速世界的『消毒王』——！」

——噗咦咦咦咦咦！

春雪內心還在哀嚎，戴因已經抓住他的左手，高高舉起。當春雪趕緊想抽手，卻是為時已晚。

東棟灑下盛大的掌聲，春雪也只能露出僵硬的微笑。

這場突發性的對戰結束，雙方團員再度聚集到公園正中央時，剩下的時間是十五分鐘。率先發言的，又是Iodine Sterilizer。他對擔任司儀的謠宣告：

「啊，我從反對合併改成贊成。」

他宣告得如此乾脆，連謠也一瞬間呆住，然後回答：「我明白了。」讓毛筆在白色木製立牌上飛舞。她在【反對】欄位中戴因的名字上劃了兩條線刪除，再轉移到【贊成】欄位後，轉過身說：

「這樣一來，就變成贊成三十一人，有條件贊成者十三人。那麼接下來，我想請教有條件贊成者的意見……可以請哪一位代表大家說明嗎？」

「那就由我來。」

這個聲音是來自日珥方面。只聽聲音，聽不出發言者是誰。

春雪仔細觀看，發現重重撼動地面站起的，是一名在日珥三十三人當中有著最大規模體格的男性型虛擬角色。他一身火焰般的朱紅色裝甲雖然厚實，卻不顯得笨重。雙手佩掛的機關砲型強化外裝，讓人一看就覺得威力強大。

春雪被他的魄力壓倒，聽見不知不覺間來到身旁右側的晶輕聲說：

「那就是日珥『三重士（Triad）』首席，『V３』的『Vermilion Vulcan』說。」

「三……三重士？除了三獸士以外，還有這種有名的組合嗎……？」

「聽說初代日珥的幹部群當中，改朝換代之後仍然留在軍團裡的，就只有他們說。」

「……這也就表示，他們是初代紅之王Red Rider的心腹……是嗎……」

春雪正吞了吞口水，Vermilion Vulcan就彷彿感受到了他的視線，將形狀銳利的鏡頭眼轉過來。所幸「V３」很快又撇開目光，低頭看向擔任司儀的謠，以渾厚的嗓音發言：

「——首先，就由我代表日珥的有條件贊成組來說明。」

「Vermilion兄，請說。」

「那我開始了……單刀直入地說，我們十一個人擔心的，就是一個月的合併準備期間結束後，由誰來擔任新的軍團長，繼承軍團名稱。」

「你指的就是由誰持有『處決攻擊（Judgement Blow）』的權限吧？」

Vermilion默默點頭回答謠的問題後，場面上的氣氛立刻轉趨緊繃。

對於BRAIN BURST之中的軍團合併，在系統上如何處理，春雪倒也在今天之前預習過。

當兩個領土相鄰的軍團，經雙方軍團長同意合併，合併在系統上就會成立，為期三十天的「合併準備期間」也就此開始。在這段期間內，新軍團的名稱與新的軍團長人選都還可以變更，而且兩名原軍團長也將繼續擁有「處決攻擊」的權限。

也就是說，這次合併後的三十天內，也一樣會維持黑雪公主與仁子雙方都能處決所有團員的公平狀況，但等到準備期間結束的瞬間，就會只剩新軍團長一人擁有處決權，而本來不在這個人物——多半會由黑雪公主或仁子擔任——麾下的團員，多多少少就會懷抱不滿與不安。

Vermilion Vulcan的目光先在眾人身上掃過一圈，然後以沉重的聲調說：

「——當然了，雖說有附帶條件，但我們既然贊成合併，也就不是懷疑這次的合併提議是圈套。準備期間結束後，哪怕是由黑之王擔任新的軍團長，我們也不認為她會胡亂處決舊有的日珥團員。可是……可是，我們絕對，再也不想失去誓言效忠過的主子。哪怕只是萬一，我們都不想製造會發生這種事情的可能。」

他這番話說得鎮定而理智……也因此深深透進眾人心中。

拿下「三重士」Vermilion Vulcan以前的主子——初代紅之王Red Rider的首級，讓他永久退出加速世界的，就是現在站在春雪右前方的黑之王Black Lotus。儘管Vermilion並未指名道姓，但相信在日珥的老資格團員當中，就有人對黑雪公主一直抱持疑心——甚至是仇恨。

在上個月底的領土戰爭中，跑來進攻杉並的Blaze Heart、Peach Parasol與Ochre Prison等三人也是一樣。她們和春雪、謠與晶展開激戰，用拳頭交心而互相有所了解——多半也就是因為這樣，她們三人才願意選擇無條件贊成——但相信她們心中也有著不安。

黑雪公主說她在東京中城大樓與ＩＳＳ套件本體打得如火如荼之際，邂逅了Red Rider的「殘留記憶」。她受Rider之託，幫他傳話給仁子說：「謝了，以後就拜託妳了。」——仁子聽了這句話後，把臉埋在Pard小姐胸口，就像三歲小孩似的嚎啕大哭，而親眼看到這幅光景的春雪，感受到從Red Rider到Scarlet Rain的王位繼承已經完全達成，兩人與黑雪公主之間也達成了和解。

但這終究是只發生在三位核心當事人之間的事。春雪怎麼想都不覺得仁子會將這件事鉅細靡遺地告訴團員，老資格團員心中會留有疙瘩，也是無可厚非。

這樣一想，就覺得對合併表示反對的只有Iodine Sterilizer一人（而且理由與Red Rider無關），有條件贊成者也只有十一人，剩下的二十一人都表示無條件贊成，簡直趨近於奇蹟。想必是仁子與Pard小姐極盡所能地說服同伴所致。

既然如此，就非得由春雪他們來想辦法說服到Vermilion Vulcan等十一人能夠接受為止。然而即使想表達意見，也只空有一番心意，找不到話說。

黑雪公主不可能會在軍團合併後，處決前日珥的團員，更不可能處決仁子。說這句話是容易，但Vermilion等人要求的，多半不只是話語。他們要的是某種足以讓他們相信絕對不用擔心的根據。

春雪正握緊雙手，站在原地不知如何是好，就聽到身後傳來一個堅毅的嗓音。

「Vermilion兄的意見，請讓我來回答。」

這個不等司儀回答就踏上一步的人，是拓武。他在距離眾人約有兩公尺的地方停步，讓自己那直逼Vermilion的高大身軀筆直站立。

「……Pile哥，請說。」

在謠的促請下，拓武微微點頭，再度發言：

「首先，我要說明我為什麼有條件贊成。我所想的條件……就是要請日珥的各位聽完我說的話，還願意接受我作為新軍團的團員。只要有一個人說不，我就會離開軍團。」

「你…………」

——你在說什麼啊，阿拓！

春雪差點忍不住喊出好友的本名。但就在最後關頭，一隻從後伸來的手，用力抓住了春雪右肩。

「Crow，聽他說完。」

在他耳邊輕聲說話的是Magenta Scissor。聽到她說話聲音寧靜卻用力繃緊，春雪也只能點頭。

一陣彷彿連瘟疫空間中的風都停了下來的寂靜之中，只聽見拓武說話的聲音。

「……我在九個月前，還隸屬於獅子座流星雨時，曾經用『上輩』交給我的作弊工具『後門程式』，把自己從對戰名單上隱形，以這樣的方式企圖獵殺黑之王Black Lotus。」

相信在場應該也有不知道這件事的人，只聽得日珥方面一陣低聲的交頭接耳。但拓武始終挺直腰桿，繼續真切地吐露心聲：

「我被Silver Crow打敗導致事跡敗露之後，我的『上輩』遭到藍之王處決而離開了加速世界，但我有幸得到Silver Crow與黑之王寬恕，得以移籍到黑暗星雲，像這樣繼續當超頻連線者……我犯下的罪還不只這樣。雖說是為了自保，當我被ＰＫ集團在現實世界攻擊時，就裝備上了ＩＳＳ套件，用這種力量把他們一起打得點數全失。只要有任何一個人，認為尚未贖清這些罪的我，不應該加入新軍團，我會樂意退出……這就是我的『條件』。」

拓武住口後，仍有好一陣子沒有人說話。

最先有了動作的，是和拓武一樣表示有條件贊成的Magenta Scissor。她對仍然放在春雪右肩上的左手加注力道，把身體往前推，就這麼出列去到拓武身旁。

「可以讓我也說幾句話嗎？」

謠聽她問起，隔了一瞬間後點了點頭。

「……請說。」

在謠的促請下，高挑的剪刀手緩緩一鞠躬，發出沙啞的嗓音：

「我想應該也有人已經知道……在以世田谷戰區為中心的東京西南部散播ＩＳＳ套件的，

就是我，Magenta Scissor。Cyan Pile所用的ＩＳＳ套件就是我交給他的，而且包括我後面的Mint Mitten和Plum Flipper在內的幾個人，我也都切開他們的裝甲，硬把套件寄生到他們身上。如果Cyan Pile要被問罪，我當然也不能例外。」

日珥方面再度發出比先前更大聲的一波交頭接耳聲。

這次的合併是為了和奪走仁子強化外裝的加速研究社抗戰，創造ＩＳＳ套件的是加速研究社，這點日珥方面的團員當然也理應知情。雖說Magenta之所以聽從研究社的指揮，是基於她自己信念的結果，但她終究做出了與研究社同調的活動，即使有人產生抗拒，也沒有什麼不可思議。

然而，為了讓合併成立，拓武與Magenta必須離開黑暗星雲，這樣的情形是春雪絕對無法接受的。春雪下定了決心，打算一旦有任何一個人出聲表示他們「應該離開」，他不惜下跪磕頭，任由對方開條件也要說服對方，就這麼吞了吞口水，等著看下一步情形發展。

「……這些事情不說也沒關係，為什麼要自己說出來？」

這有如鋼鐵般嚴峻的嗓音，是發自Vermilion Vulcan。

「這…………」

拓武正要回答，卻又閉上嘴，微微低頭。

Vermilion隔了幾秒鐘後再度發出的聲音，蘊含著些許的苦笑。

「——你這人就和傳聞中一樣正經八百啊，Cyan Pile。」

這位資歷多半比仁子與Pard小姐還深的機關砲手，輕輕聳了聳肩膀之後說下去。

「無論你和Magenta Scissor犯過什麼樣的罪，既然當事人都原諒你們，接受你們作為伙伴，我們也就什麼都不用說。真要說起來，我們就是要和過去讓我們的王Red Rider點數全失的黑之王所率領的軍團合併，這麼說是不太客氣，但追究你們這種小小的過錯也不會有什麼意義。」

「……………」

Vermilion看著不說話的拓武，眼睛忽然發出犀利的光芒。找回了魄力的嗓音，撼動了空氣與地面。

「……然而，我們所提出的『條件』尚未得到滿足。我是要各位拿出具體的根據，好讓我們相信哪怕黑之王成了新的軍團長，她也不會為了完成升上10級的霸業，再度對我們的王下手。」

這道再度提出的難題，是由仍然正對著Vermilion的拓武做出了回答。

他操作系統選單，把一個銀色的卡片物品物件化，遞了出來。

「——我和ＰＫ集團『SuperNova Remnant』打的決死戰中得到的超頻點數，以及Magenta Scissor用ＩＳＳ套件收集到的點數，全都儲值到了這張卡片之中。量足夠讓剛升上8級的超頻連線者升上9級。」

聽到這幾句話，紅之團的團員發出了截至目前為止音量最大的一次交頭接耳，連黑雪公主與楓子等人都微微發出驚呼聲。

加速世界中也有不少8級（Eighter）玩家，但9級（Niner）玩家只有區區七人。所以這七個人才會被稱為「王」，而走到這一步的路途漫長得彷彿無窮無盡，這是任誰都知道的。在各大軍團之間訂立了互不侵犯條約，處於和緩停滯狀態的現狀，甚至可以說事實上就是不可能升上9級。

這張儲值點數量有可能推翻加速世界實力均衡的卡片，即使是在瘟疫空間淡淡的陽光下，仍然反射出了強得彷彿帶著點凶煞之氣的光芒，射進春雪眼裡。拓武仍然將這張卡片遞向Vermilion，再度開口：

「……Remnant那些人存下的，是從現實世界攻擊許多超頻連線者，用威脅與暴力賺來的骯髒點數。我絕對不想自己去用這些點數，但又想不到能夠無害處理掉這些點數的方法。所以我本來想交給軍團長……交給Black Lotus保管。可是軍團長對我說，遲早有一天，我一定會找到正確的用途，要我留到那一刻……而現在，我終於找到了用途。」

拓武始終不收回遞出卡片的手，慢慢往前走，在Vermilion Vulcan身前停下腳步，說道：

「如果Black Lotus，或是現在的黑暗星雲團員之中的任何人背叛了你們，到時候，就請你們用這些點數來處決這些人。雖然這些點數很骯髒……但只要是用在正確的復仇，應該是可以容許的吧。但願到時候……第一個被處決的是我。」

「下一個當然是我。」

聽著Cyan Pile與Magenta Scissor鎮定的聲調中透出悲壯的覺悟，連Vermilion也不立刻開口。

拓武與Magenta的提議，並不能百分之百保證紅之王的安全。雖然這不可能發生，但若黑雪公主決定背叛仁子，拿下她的首級，相信也不會再顧慮拓武與Magenta的性命。

過了一會兒，機關砲手帶響裝甲轉過身去，看了在背後雙手抱胸的仁子一眼。

紅之王默默點了點頭，然後以令人感受到王應有威嚴的嗓音回答：

「這張卡片就交給你保管，覺得該用的時候到了就用。」

但Vermilion重重地搖了搖頭。

「不對。如果要為王報仇……有人比我更合適。」

接著他從拓武手上接過這張銀色的卡片，走向站在仁子身旁的副團長Blood Leopard。

「Leopard，這卡片就由妳來保管。」

Vermilion這幾句話看似讓出權利，其實卻像是在問她又沒有覺悟，但Pard小姐若無其事點點頭，接過了卡片。她一邊用右手指尖轉動卡片，一邊用左手打開系統選單，丟進物品欄。

「K。」

聽了她這句話，Vermilion再度轉身面向拓武，用響亮的嗓音宣告：

「Cyan Pile、Magenta Scissor，以及黑之王Black Lotus……你們的意志已經確切表達出來。

我們認為，這滿足了我們提出的條件。我以下的十一個人，變更為無條件贊成，暫定軍團長和軍團名稱，全權交由兩位王決定。」

對於這個宣告，拓武也以堂堂正正的態度回答：

「我們的條件也同樣視為得到滿足，我也變更為贊成。」

「我也贊成。」

三人對看一眼，微微點頭，轉身回到各自的陣營。

站在白色木製立牌的謠，拿起巨大的毛筆，在【有條件贊成】欄位的十三人名字上，接連畫出刪除線，然後把這些名字全都抄到【贊成】欄內。

「這樣一來，在場的四十四名，全都贊成合併！」

在謠這聲帶著幾分自豪的宣告下，先有零星的掌聲響起，隨即合而為一，如雷的掌聲鼓盪在整個空間中。春雪也拚命拍響雙手，朝站在一小段距離外的拓武側臉看了一眼。

從開著橫縫的面罩上看不出他的表情，但看在春雪眼裡，就是覺得這位兒時玩伴的臉上露出了隱約的安心與滿足。而更過去的Magenta臉上看似也有著同樣的表情，春雪忍不住覺得真不知道他們兩人是什麼時候商量好的，但這時黑雪公主已經無聲無息地展開浮游移動。

日珥方面的仁子也大步走上前來。兩人在立牌前面停下，同時打開系統選單。

「……終於……」

春雪不由得喃喃說出的這句話，由他身前坐在輪椅上的楓子接了過去。

「這一刻，終於來了呢……」

他站在他身邊右側的晶也默默點頭，Petit Paquet三人組雙手在胸前交握。

至於春雪身旁左側的千百合，則在這種時候也不改本色，說出「不知道來得及嗎？只剩三分鐘了耶」這種很實際的擔憂，讓春雪忍不住握住這位兒時玩伴的手，輕聲回答說：

「不用擔心，之後只差仁子和學姊按下按鈕就好。」

「這我當然知道。」

千百合一邊回話，一邊右手用力反握。春雪也屏氣凝神看著兩位王的舉止。再過不久……幾秒鐘之後，兩個軍團將會消失，一個新的大軍團也將就此誕生。

仁子與黑雪公主打開了只有軍團長才有的【軍團】分頁，迅速操作畫面，但隨即又停下了手。兩人的視線衝突了三秒鐘後，突然大喊：

「——開始吧，Rain！」

「——來吧，Lotus！」

春雪心想難道突然要來一場王對王的對戰，嚇得差點暈倒，但在剎那間的沉默之後，兩人一起大喊：

「「——剪刀、石頭！」」

仁子小小的右拳，與黑雪公主再度用心念操作而創造出來的右拳，以快得無與倫比的速度揮下，受到壓縮的空氣成了一股勁風，吹到春雪身上。

「「——布！」」

以超越第一次揮動力道的兩個拳頭揮出的瞬間，發生了連爆炸系必殺技也不過如此的衝擊波，撼動了整個對戰空間。這股能量遠遠超出決定司儀時的六人猜拳，讓雙方所有團員都承受不住，被震得身體後仰。眾人用力站穩腳步，等衝擊波過去，接著爭先恐後地把臉往前湊，想知道猜拳的結果。

仁子出的，是布。

黑雪公主出的，是剪刀。

兩位王靜止不動了三秒鐘左右，隨即由紅之王先緩緩拉起上身，舉起了仍然張開的右手。

「唉唉～是我猜輸了。所以呢……」

仁子整個人轉過來面向吞著口水觀看的四十餘人，讓小小的虛擬身體上充滿凜然威嚴宣告：

「……一個月的準備期間內，軍團長就由這個黑色的當！然後，暫定軍團名稱也繼續沿用『黑暗星雲』！正式的新軍團長和軍團名稱，一個月後再行協議！……有沒有哪個人對這個決定不滿！」

紅之王這麼說完後，春雪心驚膽跳地看著日珥團員們的情形。

黑暗星雲方面的十人當然不會反對，但對日珥方面的三十二人而言，哪怕只是一個月的暫定軍團長——同時也是仁子的決定，但春雪心想，這個決定他們恐怕還是很難接受。然而……

「沒有意見！」

這個以宏亮嗓音大喊的，正是「三重士」首席Vermilion Vulcan。率先說出擔憂黑之王擔任軍團長後情形的重鎮喊出這句話，其他團員也陸續點頭。

「那就，重新來過……」

仁子突然用不再有威嚴的舉止，迅速操作系統選單後，黑雪公主也同樣動起右手。雙方身前出現了視窗，發出充滿非比尋常感的通透金色光芒。

兩位王相視點頭，高高舉起右手——

兩隻手以快得幾乎聽見撕裂空氣聲響的速度，拍在視窗的正中央。

兩個視窗消失的同時，一陣先前從未聽過的莊嚴音效，響徹了整個對戰空間，接著更有格

外耀眼的金色光芒，籠罩住了聚集在場上的所有對戰虛擬角色。春雪眼前顯示出一串寫著【YOUR LEGION HAS BEEN COMBINED！】的系統訊息，隨即籠罩在火焰中消失。

日珥與黑暗星雲，終於完成了合併。

春雪湧起一股無以言喻的感慨，正深深低頭不語，就有人來到他身前。

他趕緊抬頭一看，發現站在身前的，是再度穿戴上帽子與披風的Iodine Sterilizer。寬邊帽遮得看不見面罩。春雪正緊張地心想不知道對方要說什麼……

「……以後也請多關照了，『消毒王』。」

Iodine聽似冷淡的口氣中帶著點難為情，同時伸出了右手。

「好的……我們改天再來對戰吧。請多關照。」

春雪回答完，牢牢握住了這位新的好對手，同時也是可靠伙伴的手。

當春雪回到現實世界中的中野公園，睜開眼睛一看，最先映入眼簾的就是坐在他正面的黑雪公主。

她以複雜的表情看著攤開的右手，春雪忍不住問起：

「學……學姊……妳的手怎麼了嗎？」

黑雪公主聽了後，看了春雪一眼，微笑著搖了搖頭：

「沒有，什麼事都沒有。我是覺得仁子那丫頭，在最後猜拳時故意輸給我……別說這些了，你應該有個一回來就該去報告情形的對象吧？」

「咦……？」

春雪連連眨眼，不經意地往右一看，結果就在他眼前……

日下部綸維持跪坐姿勢不變，卻把臉湊到離他只有五公分的極近距離。

「哇！……久……久等了，綸同學。」

春雪忍不住嚇得後仰之餘這麼一說，綸就把臉湊得更靠近了。

「怎……怎麼了嗎，有田同學……？」

她細小的聲音裡，充滿了隨時都將潰堤般的不安，讓春雪趕緊擠出笑容。

「不用擔心啦，軍團合併已經順利結束了……只是我也弄到了個奇怪的稱號……哇！」

春雪之所以沒能把話說完……

是因為綸雙眼犯出大滴的淚水，輕聲說著「太好了……！」而撲了上來，用雙手牢牢圈住春雪的脖子。

「等一下等一下等～一下！太近太近太近！」

千百合抓住綸的衣領想把她拉開，但她的雙手沒有要放鬆的跡象。春雪雙手胡亂掙扎，趕緊對湊在自己臉邊的小小耳朵說道：

「不……不是啦，這個，還……還有得忙呢！妳想想，Ash兄、還有Utan兄跟Glove兄他們的加入手續也得辦一辦……！」

自己說出的這幾句話，讓春雪想像到等一下就這麼加速，見到Ash Roller時會發生什麼事，當場臉色蒼白。

3

高野內琴與高野內雪是同卵雙胞胎。

一般而言，即使是同卵雙胞胎，家人還是能靠痣的位置、嗓音或眼睛的微妙差異來分辨。但琴與雪的臉上一顆痣也沒有，嗓音與眼睛的形狀也完全一樣，尤其在嬰兒時期，連母親都無法立刻分辨出來。

於是她們兩人的母親，採用了一個極為單純的解決方式。她拿紅色的嬰兒用神經連結裝置給了姊姊琴，給妹妹雪的則是白色的神經連結裝置，用裝置的顏色來分辨。

神經連結裝置具有腦波認證功能，而腦波就和指紋一樣，即使是同卵雙胞胎，也不會完全一樣。事實上，她們最早佩戴的神經連結裝置，就確實分辨出兩人，問題看似得到了解決。

但在她們兩人上幼稚園時買來換上的幼兒用神經連結裝置，則不知道是因為機械方面的理由，還是兩人的腦波在成長過程中變得酷似，分辨不出琴與雪的差別。而且察覺這件事的只有她們兩人，讓問題變得更加錯綜複雜。

起初琴與雪只是基於小小的惡作劇心態，互換了彼此紅色與白色的神經連結裝置。這一換之下，母親與父親都輕而易舉地被騙過，這讓她們覺得非常有趣，開始頻繁地互換神經連結裝置，戴上紅色的就以琴的身分，戴上白色的則以雪的身分，來度過一整天。畢竟她們兩人隨時都在一起，再加上神經連結裝置有著豐富的幼兒保護功能——舉例來說，被叫到名字時，視野當中就會出現警告標語，或是頭上會跑出寫著名字的投影標籤——讓她們互換身分變得更加容易。

這個開心又危險的「遊戲」，不知不覺間成了她們的日常，直到幼稚園畢業，持續了三年之久。等她們兩人終於不再互換，已經是進國小就讀的前一天晚上。因為在國小她們分到不同班，讓她們覺得即使有神經連結裝置輔助，要再共有記憶也會有困難。

當她們準備將紅與白的兩具神經連結裝置物歸原主時，卻發現了一個極其可怕的事實。

自己本來到底是琴，還是雪？由於玩互換遊戲長達三年，兩人都已經無法斷定自己真正的名字是哪一個。對於只有五歲的琴與雪而言，這種恐懼無異於自我消失。她們滿心想哭著向雙親求助，但怎麼想都不覺得沒能發現她們互換長達三年的父親與母親，會有辦法辨別她們。

兩人只好決定閉上眼睛，各自挑選一具神經連結裝置，拿到紅色的就當琴，拿到白色的則當雪，就這麼活下去。此外她們為了加上外表上的識別成分，決定琴把頭髮綁成雙馬尾，雪則綁成單馬尾，絕不改變。

從上了國小開始，表面上並未發生任何問題，但兩人內心深處始終有著無以言喻的不安。

一種覺得自己也許其實不是自己的意識與恐懼，始終沒有完全消失，不知不覺間更成了一堵又高又堅固的牆壁，讓她們不只拒絕他人，更一點一滴地壓垮自己。就在這種日子裡的一天。

與一款遊戲程式的相遇，讓她們的日常變得煥然一新。

BRAIN BURST 2039。這款會讀出玩家的「精神創傷」，塑造出異形戰士「對戰虛擬角色」的程式，給了琴與雪決定性的自我識別手段。

兩人的對戰虛擬角色也很相似，但作為頭飾的角與裝甲的色澤，以及最重要的名字都不一樣。琴的虛擬角色是Cobalt Blade，雪的虛擬角色是Mangan Blade。即使琴其實是雪，雪其實是琴，這兩個獨一無二的虛擬角色名稱都絕對不會互換。

兩人這才總算獲得了「固定」自己的方法，作為藍之王的軍團「獅子座流星雨」麾下的超頻連線者，開始逐漸嶄露頭角。

東京都港區白金台，也就是港區第三戰區的西端，有著一個名稱叫作國立科學博物館附屬自然教育園的寬廣公園，說是森林還比較貼切。

這裡在江戶時代是高松藩的別宅，之後以白金御料地的名義收為皇室財產，在一百年前的太平洋戰爭後，作為公園開放民眾參觀。名稱上雖說是附屬，但負責管轄的國立科學博館位於相距頗遠的台東區上野公園內，所以雖然不是說代為管轄，但園區用地的西南方，有著一座東京都庭園美術館。

庭園美術館原稱朝香宮邸，是日本代表性的裝飾藝術風格宅邸，建築物本身被指定為國家重要文化財產。但既然是美術館，當然任誰都能進入（當然必須支付入場費），館內還設有咖啡廳。

七月二十日，星期六，下午三點三十分。

高野內琴與雪這對雙胞胎姊妹，在庭園美術館內的咖啡廳內，靠窗的一張桌旁面對面坐著，凝視剛端上桌的威風蛋糕盤子。

琴點的是「檸檬薄荷」，雪則點了「抹茶大理石」。兩者都顯得極為美味，但她們就是不想立刻用叉子切下去。畢竟一個蛋糕搭配飲料（琴點了綜合莓果汽水，雪點了冰奶茶）的套餐就要一千四百圓，乃是超特級的天價。再加上入館費，一人要花上一千九百五十圓。至少也要把蛋糕的外觀仔細鑑賞個夠，否則實在回不了本。

「……我說小琴，這個，可以跟黑暗星雲報公帳嗎？」

聽雪打這如意算盤，琴聳聳肩膀回答：

「應該沒辦法吧。一開始明明是說好要在公園的長椅上待命，還不是雪說太熱，要去咖啡廳。」

「可是人家就是怕熱嘛。而且，那裡根本不是公園，是森林啊，森林。一定會有像是蚊子或是蛇啦，還有熊之類的東西。」

琴聽得苦笑，視線朝外一瞥。

店內裝潢是以白色為基調的現代風格，但落地窗外是一整片綠草地，更過去則是鬱鬱蔥蔥的深邃森林。

據說這片森林自從在江戶時代中葉的十八世紀種作防火林以來，長達三百年以上都是自然生長，所以在東京都心，相信是一片歷史悠久得足以媲美禁城，不，應該說足以媲美皇居吹上御苑的森林。想來裡頭的確至少也會有個狸貓之類的動物棲息……

「……如果有熊出沒，我倒想看看。不過也多虧了這個價錢，店裡沒有其他小孩，我們從明天起就省吃儉用吧。」

「好~那，吃了一半就交換嘍。」

琴和食欲指針似乎已經擺到紅色區域的雪同時拿起叉子，朝淡黃色戚風蛋糕的邊緣輕輕插了下去，結果就在這時……

咖啡廳的自動門在視野角落打開，琴朝門口瞥了一眼。

走進來的是個年紀看似比她們稍小的男生。他穿著深藍色西服外套與象牙色長褲，略長的頭髮剪成整齊的妹妹頭，是個有著純和風感的每少年。他似乎是一路用跑的過來，只見他一邊用手帕按向額頭汗水，一邊對女服務生說了幾句話，被帶到與琴她們略遠的一張桌。

琴一邊把戚風蛋糕送進嘴裡，一邊持續頻頻窺看少年的情形。當然這並不是因為少年的外觀讓她看得順眼，而是考慮到他有可能是今天這場任務的妨礙者——也就是「敵方的超頻連線者」。

現在東京都二十三區的超頻連線者人數，約有一千人，據說其中國中生占了七百人。相較之下，私立與公立學校合計，國中生的總數約有二十萬人。從存在比例概算，就是每兩百八十五人當中會有一人。所以，只是來到同一間咖啡廳內的客人碰巧是超頻連線者這樣的可能性，平常根本不用放在心上。

然而這名在雪的後方微微露出身影的妹妹頭少年，確實有著某種不尋常的存在感。儘管類型完全不一樣，但有種和三天前她們才在中野區家庭餐廳見過面的Ardor Maiden真身，有著某種共通的氣息——

「……還真是挺好吃的說。」

琴一邊喃喃自語，一邊迅速操作已經關掉全球網路連線的虛擬桌面，和雪的神經連結裝置進行無線連線。為了安全起見，其實她是想直連，但她非得避免會令人起疑心的舉動不可。琴一邊傳送自己神經連結裝置的攝影機拍到的畫面，一邊用思考發聲對雪說：

『雪，妳不要回頭，看畫面。妳身後的男生，以前有見過嗎？』

平常總是漫不經心的雪，也嶄露出有超頻連線者風格的反應，雖然嘴裡一邊咀嚼，但表情完全不變地回答：

『沒有啊，這男生挺可愛的呢。可是……嗯，的確，看來不是等閒之輩。』

『會是震盪宇宙的人嗎？』

『很難說吧……可是，如果他是，那就表示今天的作戰全都被看穿了。』

聽雪指出這一點，琴用視線表示點頭。

今天的主角不是她們兩人，而是黑之團。二十分鐘後開始的領土戰爭時間裡，黑暗星雲就要對他們認為是震盪宇宙大本營的港區第三戰區展開奇襲。如果黑之團得勝，白之團就會失去對戰區的支配權，從對戰名單上隱身的特權也就會遭到剝奪。

要進行到這一步，才終於輪到她們兩人出場。她們要在領土戰爭剛結束後，查看對戰名單，一旦在上面看到已經確定是加速研究社成員的超頻連線者——現階段就是Black Vice、Rust Jigsaw、Sulfur Pot這三個名字之中的任何一個，就可以確定震盪宇宙就是加速研究社的母體。

坦白說，琴（雪多半也是）仍然半信半疑，不，應該說是四成信，六成懷疑。對於不惜在現實中露相來委託她們擔任監察員工作的Silver Crow與Ardor Maiden，她是很想相信，但要說外號「剎那的永恆」的白之王White Cosmos，背地裡是加速研究社的頭目，帶來了無數的混亂與鬥爭，難免困惑會多於信服。

因為她無法想像白之王打造出「災禍之鎧」或「ISS套件」這些東西的動機與好處。至少，並沒有跡象顯示震盪宇宙從鎧甲與套件引發的混亂中得到利益，反而是自己領土內的重要地標——東京中城大樓，遭到神獸級(Legend)公敵「大天使梅丹佐」占據，理應受到了相當大的損失。

白之王付出這樣的代價，得到了什麼呢？還是說，一切都是黑之團推論錯了？答案將在二十分鐘後揭曉……理應是這樣，但若坐在雪後方的妹妹頭少年是震盪宇宙的密探，那麼就如雪所說，她們必須認為黑暗星雲的這項大作戰，從開始前就已經失敗。

『……那，我們該怎麼做呢？』

雪一邊把抹茶戚風蛋糕送進嘴裡，一邊回答琴的思念。

『如果我身後的男生是來妨礙我們的，應該會在我們檢查對戰名單之前就跑來挑戰吧。我是不覺得我們連現實中的身分都被查出來了……』

『如果我們的現實身分曝光，也就會有遭到ＰＫ的危險了嘛……可是，這可能性應該很低吧。畢竟對方也那樣露相了。』

『雖然也有可能根本就是我們想太多了。』

聽雪這麼說，琴再度用肉眼看了少年一眼。

他纖細的脖子上，戴著比她們兩人顏色更濃一些的藍色神經連結裝置。超頻連線者有著「偏好選擇與對戰虛擬角色同色的神經連結裝置」這樣的習性，所以如果照這個方向來推論，他多半會是藍色系？當然就統計學而言，他是超頻連線者的機率只有兩百八十五分之一，但琴從看他走進店裡時就產生的一種預感豈止並未淡去，反而逐漸轉變為確信。

沒錯……這名少年，不止是和Ardor Maiden現實中的真身相似，和她們兩人的「上輩」也有幾分相似。同樣有著這種年齡不該有的鎮定，以及某種深不可測的感覺。

一邊思考一邊動著叉子，很快的琴的檸檬蛋糕已經只剩下剛好一半。她交換了雪身前同樣少去一半的抹茶蛋糕，切下淡綠色的一片，送進嘴裡。口感細緻的蛋糕就像雪花般融化，濃厚的抹茶香與醇厚的滋味籠罩住舌頭，隨即只留下清爽的苦味而消失。

琴一邊認同地心想這個價錢真不是白貴的，一邊對雙胞胎妹妹的神經連結裝置送出思考。

『也只能放著他不管了吧。如果他是震盪宇宙的人，現在應該沒出現在對戰名單上，所以我們也沒辦法主動找他挑戰……而且更重要的是我們也不知道他的虛擬角色名稱。只是，還有另一個問題……就是我們該不該警告黑暗星雲說，他們的情報有可能洩漏出去了。要是震盪宇宙知道這項作戰，應該就會在這第三戰區布署最大規模的戰力，等黑暗星雲自投羅網。遇到這種情形，無論如何都不可能勝利。』

琴與雪終究是以中立監察員的立場來到這裡。就是因為她們是對白方與黑方都不偏袒的第三者，證詞才會有可信度，在這個時候把情報告訴黑暗星雲的行為，真的是正確的嗎——

但雪卻很乾脆地斬斷了琴的這種遲疑。

『咦，就跟他們說啊。我們跟震盪宇宙的人，即使在加速世界都幾乎不曾講過話，可是跟黑暗星雲的烏鴉他們，在現實世界都見過了。』

『…………妳的想法太單純了。』

兩人讀幼稚園時明明一模一樣，連爸媽都分不清她們誰是誰，不知不覺間，個性卻變得有著這麼大的差異。如果自己選擇當「雪」，不知道現在是否也已經變成這種個性了呢……琴一邊想著這樣的念頭，一邊輕輕點頭。

『不過，也許妳說得對……要是黑暗星雲打輸了，我們在這裡各付兩千圓的意義也會跟著消失。那麼，就由我寫郵件給Silver Crow……』

琴一邊說著，一邊正要在虛擬桌面上叫出郵件APP，卻又讓動到一半的右手停住。

因為坐在雪後方離了三張桌子處的妹妹頭少年，把喝著的紅茶或咖啡杯放回碟子上之後，就用右手碰了碰脖子上的神經連結裝置。

需要用手指碰到神經連結裝置來進行的操作，就只有開關電源或全球網路功能。以這個情形來說，多半是後者……而且很可能不是關掉，而是連上。

琴停止用肉眼觀察，把同步傳給雪看的攝影機畫面變焦，放大顯示少年的嘴。老經驗的超頻連線者，會練出用只有自己聽得見的音量唸出加速指令的技術，但總不能完全不動到嘴巴。因此也就可以從嘴唇的細微動作，推測出指令的種類——

『……雪！』

當琴發出犀利的思念時，雙胞胎妹妹已經伸手碰在自己的神經連結裝置上，按下了全球網路連線鈕。

妹妹頭少年唸出的，肯定是BRAIN BURST的加速指令。但並不是基本的「超頻連線」，而是必須升上4級才能使用的那句通往真正加速世界的咒語。

要是就這麼跟去，琴與雪這次真的會暴露現實身分。但這方面少年也有著一樣的風險。現在最重要的不是規避風險，而是查出少年到底是何方神聖。

兩人瞬間做出這樣的判斷，以剎那間的眼神交換互相取得同意後，約晚少年一秒，輕聲唸出了同樣的指令。

「「──無限超頻！」」

許久沒有來到的真正加速世界，也就是無限制中立空間，是有乾澀的風從紅褐色巨石間吹過的「荒野」屬性。

琴以對戰虛擬角色「Cobalt Blade」的模樣，下到混著沙粒的地面後，手按左腰的刀柄，目光迅速往四周掃過一圈。

荒野空間裡沒有人工建築物，但岩石的配置多少是以現實世界的建築物為準。兩人所在的庭園美術館，換成了像是細長柱子的奇石群，視野不是很開闊。而且在南方稍遠處，還有許多多半本來是自然教育園森林的大型仙人掌狀植物叢生。

即使如此，還是能夠確定視野內並沒有其他超頻連線者存在，所以琴先輕輕呼出一口氣，然後說道：

「看來是離開啦……」

琴省略了現實世界中滿口敬語而說出這句話，身後就有人回答：

「看來是呢。只要慢了一秒，在這邊就會經過將近十七分鐘，說來也是理所當然啦。」

「…………」

琴默默轉身，朝雪的對戰虛擬角色「Mangan Blade」看了一眼。

琴自己在現實世界與在加速世界的口氣，也算是差異相當大，但雪的變化則已經接近雙重人格的程度，每次都讓她這個做姊姊的忍不住擔心。但話說回來，要是雪在這個世界也用平常那種軟綿綿的口氣說話，她們身為藍之王左右手「雙劍」的威嚴，就會像被熱水灑到的棉花糖一樣融化得蕩然無存。

「……然而，既然是在這個屬性，也許腳印會留著。我們就來檢查他之前待的位置吧。」

「也對。」

雪甩動馬尾狀的飾角，轉身就低頭看著地面開始行走。她馬上就用右手指向地面的一處。

「不愧是姊姊，判斷得真準。還留有淡淡的腳印。」

「是朝哪裡去？」

琴這麼一問，雪並不指向南方的仙人掌群，而是指向反方向的奇石群。就在琴默默把目光轉過去時……

「兩位果然也是超頻連線者啊。」

聽到有人從林立的岩石後說出這句話，琴與雪反射性地往後跳開，以完全同步的動作握住了刀柄。

兩人共通的必殺技「無遠弗屆」有著強大的性能，維持這個態勢蓄力愈久，射程就會變得愈長。然而現在她們的必殺技計量表完全是空的，所以不會發動這種能力，只靠普通攻擊，實在砍不到距離十公尺以上的岩柱後方。

即使如此，若是說話的人動手，就要搶先斬了對方——琴全身充滿了這樣的氣概，大聲喝問：

「什麼人！」

雪也立刻跟著呼喝：

「現身！」

「我明白了。」

說話的人很乾脆地這麼回答，然後用有點惶恐似的口氣說下去：

「我馬上就出來，可是對不起，如果不介意，可以請兩位不要搶先攻擊嗎？我在這裡等人，所以現在不能死掉。」

這個實在太直接的要求，不，應該說是請求，讓琴忍不住和妹妹對看了一眼。雪眨動鏡頭眼，毫不鬆懈地回答：

「那你出來的時候就讓我們看見你的雙手。要是你做出任何一點可疑的舉動，我們瞬間就會斬了你。」

「我明白了。」

剛聽見這個又是十分老實的回答，緊接著紅褐色的岩柱後方，就出現了一種令人眼睛一亮的藍色，射在琴的眼睛裡。

Cobalt Blade與Mangan Blade的裝甲顏色也相當藍，但這人在色相與彩度兩方面，都比她們更高一階。如果要找東西比喻，就像是距離太空只差一步的天空那種深邃而澄澈的藍。

而且他對戰虛擬角色的造型，也是和琴與雪相似的日本武士類型。但他幾乎沒有厚重的裝甲，左腰的刀也屬於幾乎沒有弧度的直刀型。給人的印象像是只穿著直衣的年輕武士，又或者是帶刀的平安時代貴族。

「……報上名來。」

琴喝問之下，年輕武士虛擬角色很有禮貌地先一鞠躬，然後回答：

「在下名叫Trilead Tetraoxide。」

「Trilead……?」

琴對這個虛擬角色名稱很陌生。腦子裡一時間並未浮現英文單字的拼法，朝雪一瞥，看見妹妹也露出尷尬的表情。總不能問對方 這是什麼意思，只好在腦內備忘錄寫下晚點要用字典APP查過，然後清了清嗓子，繼續查問。

「你，方才說過你看穿我們是超頻連線者是吧？所以你是來妨礙我們執行任務的白之團奸細了？」

如果這個名叫Trilead的人是白之團的奸細，怎麼想都不覺得他會老實回答，但迂迴刺探又不符合琴與雪的喜好。反正狀況已經演變得一觸即發。

但Trilead眨了眨他細長的鏡頭眼，立刻重重搖頭。

「我是白之團的人……?不，這是天大的誤會！」

「那，你為什麼待在港區第三戰區？」

回答琴這個質問的不是Trilead，而是身旁的雪。她輕輕頂了頂琴的手肘，在她耳邊說道：

「姊姊，這他已經回答過啦。說是在這裡等人還是怎麼的。」

「唔……這……這倒是。」

琴以較大的音量再度清了清嗓子，換了個問題：

「你方才說在等人是吧？那你等的人，不就是震盪宇宙的團員嗎？」

琴先這麼喊完，才發現不對。

假設這個問題說對了，那麼這就是針對她們兩人的圈套。Trilead多半是故意用會讓她們發現的方式連進無限制空間，讓她們兩人追上，然後就會有震盪宇宙的攻擊部隊來襲。

若是如此，震盪宇宙想必會趕盡殺絕。最壞的情形下，在這個地方安排無限EK，又或者是試圖連續殺害她們到點數全失為止，都是有可能的。

琴不等對方回答，右手再度按住刀柄。雪在身旁也做出完全一樣的動作。這次她們是打算拔刀的，然而——

Trilead對殺氣有了反應，左手按上刀柄的瞬間，她們兩人當場不能動彈。

那把以劍型強化外裝而言造型頗為樸素的直刀，發出了彷彿神獸級公敵，又或者是王級超頻連線者才會有的強烈壓力，壓得她們喘不過氣來。

「唔……！」

「嗚……」

兩人不約而同地咬緊牙關，勉力想在原地站住。她們身體前傾，握住愛刀刀柄的右手灌注力道。

相較之下，Trilead右手並不按上直刀刀柄，而是朝她們兩人伸出，張開五隻手指，顯得不解地說道：

「還請兩位鎮定。我不知道兩位有什麼顧慮，但我不是震盪宇宙旗下的人。」

聽見年輕武士在這個狀況下仍不失清爽的聲音，讓琴勉強擺脫被定身的狀態，深深吸一口氣，然後喊了回去：

「——那麼你說你在這裡等人，是等什麼人！」

「這…………」

Trilead微微低下頭，吞吞吐吐。琴與雪不放過他撇開視線的機會，一口氣拔刀，舉到中段擺好架式。Trilead立刻抬頭，右手終於按上直刀刀柄。

接下來只要任何一方有任何些微的動作，開戰就避無可避。荒野空間乾澀的風從雙方之間吹過又停住的剎那間——

「Sto————p！」

頭頂上傳來這麼一句大聲呼喊，琴與雪反射性地往後跳開一步，抬頭看向天空。

略為朦朧的晴空背景下，一個猛禽般的輪廓俯衝而來。

琴心想是奇襲，反射性地想擺出迎擊態勢，卻有一道強烈的銀光射進她眼裡。是襲擊者的翅膀反射了陽光。

不是公敵。是飛行型虛擬角色——銀色的翅膀。

「Cobalt，那是！……」

雪大聲呼喊。

「Mangan，不要動刀！」

琴也喊出回應的下一瞬間。

砰的一聲驚天巨響，銀色的虛擬角色在兩人與Trilead的中間點著地，也不先站直身體就攤開雙手：

「雙方，慢慢動手！」

——嗯嗯？

琴還納悶不了多久，又有一個新的輪廓，發出嗤的一聲清響，在第一人身旁落地。

這個漆黑的虛擬角色沒有翅膀。想來應該是由第一人帶到這個地點，然後在即將著地時分離，再先後落地。

第二人拔出穿進地面約有十公分左右的刀劍狀雙腳，輕飄飄地浮起，輕輕聳了聳肩膀說：

「你剛剛喊的日語可不太對勁。」

聽到這句話，第一人也解除了演戲般的姿勢，搔著頭起身。

「咦……是嗎？」

「講『慢慢』就會變成要他們慢慢砍了吧？這種時候不是該說『且慢動手』嗎？」

「啊，原……原來如此。那，我再來一次……」

「不用再來一次！」

被他們來上一段這種不禁懷疑是事先排演過的微相聲，琴當場戰意煙消雲散，深深嘆了一口氣，然後對銀色的飛行型虛擬角色說：

「……你們為什麼會在這裡，Silver Crow……還有黑之王Black Lotus？」

琴與雪以五十公分為間距來斬斷較細的石柱當臨時的椅子，黑之王則把較粗的石柱切出一截來當臨時的桌子。眾人就在荒野的一角設置好這些桌椅，圍成一圈坐下。

黑暗星雲的兩人從物品欄拖出用品準備茶水時，琴用指尖摸了摸眼前的石桌。石桌表面像玻璃一樣反射陽光，摸起來光滑無比，完全沒有拖住手指的感覺。可見劍有多麼鋒銳，出手者的功力又是多麼駭人。相較之下，琴與雪斬出來的椅子則微微有些粗糙。

琴等四個冒著熱氣的茶杯排到桌上，黑之王與Silver Crow在自己的座位坐下，開口問起：

「在進入正題前，我有個問題想請教黑之王。」

「嗯？無所謂……只要是我能回答的內容。」

漆黑的虛擬角色一邊說著，一邊靈活地用右手劍尖舉起茶杯，琴下定決心對她問起：

「妳，在現實世界練過什麼武術嗎？」

這個問題有點抵觸到「不應問起超頻連線者現實中的個人資料」這個基本禮儀，但黑之王只眨了一次藍紫色的鏡頭眼，立刻回答：

「沒有，完全沒有。」

儘管早已多少料到這個答案，但琴——還有坐在她右側的雪——仍不由得深深嘆息。

「……但妳卻能斬出這樣的斷面啊……」

聽琴這麼說，先前一直保持沈默的Trilead Tetraoxide也重重點頭。

「我也有同樣的感受。真不愧是令人聞風喪膽的黑之王，功力超凡入聖。」

他這麼一說，黑之王看了他一眼，露出淡淡的苦笑。

「別這麼捧我。這是對戰虛擬角色被賦予的特殊能力性能，不是我的本事……倒是我還沒和你打過招呼啊。」

黑之王正襟危坐，正視Trilead，以不愧為王的威嚴聲調報上名號：

「我是黑暗星雲的首領，Black Lotus。由衷感謝你答應我們突然的邀請。」

聽她這麼說，藍色的年輕武士也挺直腰桿一鞠躬。

「在下Trilead Tetraoxide。能見黑之王一面，我才是榮幸之至。我聽師父說過很多妳的事。」

「想也知道不會是什麼好話。」

琴聽不出個所以然，正歪了歪頭，坐在她左側的Silver Crow就把頭湊了過來。

「鈷姊，Lead的師父，以前參加過黑暗星雲。」

琴聽了他小聲註解，輕聲反問：

「哦？是誰？」

「呃，是個叫作Graphite Edge的人……」

「「什……什……什麼——！」」

結果不只是琴，連雪也用破嗓的聲音叫了出來。

往年的黑暗星雲「四大元素」之一，「矛盾存在(Anomaly)」Graphite Edge的名號，在加速世界的高等級玩家之間可說是無人不曉。對她們姊妹倆而言，頭號仇敵固然是「鐵腕」Sky Raker，兩姊妹一起被她用繩索吊在東京都廳大樓屋頂的恥辱至今未能洗刷，但Graphite Edge也榮登第二名的寶座。別說打贏打輸，姊妹倆從不曾讓他認真打過。即使兩人一起揮刀斬去，也被他用那有著壓倒性防禦力的雙劍輕而易舉地擋開，還說些「小鈷小錳妳們還差得遠了啦」之類的話，老是把她們當小孩子看待。

到頭來姊妹倆從不曾讓他拿出真本事，就發生了三年前的「紅之王點數全失事件」，黑暗星雲瓦解，Graphite Edge也從對戰的檯面上消失。

萬萬沒想到，這「矛盾存在」收了徒弟，還將徒弟鍛鍊到了能以壓力壓得琴與雪動彈不得的地步——

琴勉強從震撼中平復，坐回岩石高腳椅上，先深呼吸幾次，讓心情鎮定下來，然後對睜大眼睛的年輕武士虛擬角色一鞠躬：

「Trilead Tetraoxide，剛才很對不起。我們把你當成了白之團的奸細。但既然是『Anomaly』的徒弟，就完全不存在這種可能。我鄭重為我們的失禮致歉。」

「哪裡，是我不好，不應該貿然叫住兩位。兩位會起戒心也是當然的。」

Silver Crow看著兩姊妹與年輕武士相互鞠躬，忽然一歪頭。

「說到這個……為什麼鈷姊和錳姊會待在無限制空間？妳們是在利用等待的時間獵公敵嗎？」

聽他這麼問，雪嘛起嘴回答：

「哪有為什麼，指定自然教育園作為查看對戰名單地點的，明明就是你吧，Silver Crow。我們只是因為在那裡遭遇Trilead，以為他是奸細，所以才一路追來。」

「咦……可是這裡不是自然教育園的森林，是隔壁的庭園美術館吧？」

「森林又熱，又有蚊子啦、蜜蜂啦、熊啦好不好！我們好歹也有在咖啡廳乘涼的權利！」

「啊～原來如此……我是跟Lead說在庭園美術館碰頭，所以才會發生這次的驚險接近啊。」

「…………這也就表示…………」

琴與雪先蓄勢了一秒鐘左右，然後同時大喊：

「「結果全都是你害的！為什麼指定同一個地方當待命地點！」」

「才……才不是同一個地方，我不是分成教育園和美術館了嗎？而且這裡離目黑站的登出點有夠近的，卻又比較不會有國高中生來，所以我還想說這地方不錯……而且明明就是鈷姊錳姊兩位自己從森林跑來美術館……」

「那，我們去美術館，Trilead去森林不也可以嗎！」

「可可可是，美術館得花入場費才進得來……而且一旦進了咖啡廳，還得花茶點的錢……不，可是，咦？」

Silver Crow把頭歪向另外一邊，轉身面向左側隔著黑之王再過去一個位子的年輕武士，問說：

「等一下，Lead，你，本尊該不會待在庭園美術館的咖啡廳……？」

「啊，是，其實是這樣。」

「為為為什麼？我不是說在無限制空間碰頭嗎！只要找個地方連線進來，再移動到美術館不就好了。」

「這…………」

年輕武士一瞬間吞吞吐吐地視線低垂，但隨即又挺直腰桿，以聲調堅毅的嗓音說：

「——我今天之所以來見Crow兄你們，是為了請你們讓我加入軍團。可是……」

他依序正視Silver Crow與黑之王，然後說下去：

「……不是只有這樣。我想到，希望能在今天的領土戰爭中盡我棉薄之力。為此，我就必須在現實世界的相關區域內待命才行，所以才會排出在這個時間參觀庭園美術館的行程，躲護……我是說趁同伴不注意的時候溜到咖啡廳，連進這個世界。結果就和Cobalt Blade小姐與Mangan Blade小姐發生異常接近的狀況，所以讓她們兩位起了無謂的戒心，這件事的責任在我身上。」

「…………」

聽到Trilead這番話，不只是琴與雪，連黑之王與Silver Crow也都沉默良久。

聽來Trilead Tetraoxide之所以在黑之王等人在此會合，是為了加入軍團。這點琴可以理解。「四大元素」Graphite Edge的徒弟成為黑暗星雲的團員，是很自然的事。

然而一加入就要參加領土戰爭……而且並非單純爭搶地盤，更是要參加與六大軍團之一的震盪宇宙之間的全面戰爭，這就非同小可了。

如果黑之團所料不錯，證明白之團就是加速研究社用來掩人耳目的幌子，那也就罷了。萬

——實情並非如此，黑之團在七王會議上將會大受抨擊，搞不好甚至有可能演變成黑之王與全體團員都被高額獎金懸賞的事態。Trilead看來家教很好，不知道他能否承受這種困境？

琴想著這樣的念頭，卻又想起先前被Trilead按刀相視時的情形，不由得背上微微顫抖。那種壓力極為強烈，就彷彿在與王對峙。既然具備那種程度的資料壓（鬥氣），要擊敗那些被獎金沖昏了頭而群起來攻的中等級挑戰者，多半不成問題，但只是接受Graphite Edge的指導，真的就能練出這樣的本事嗎……

「這……這個，可是，Lead，今天的領土戰爭不是普通的領土戰爭……」

Silver Crow胡亂揮動雙手，正要說出像是順著琴幾秒鐘想過的念頭唸出來的話。琴從旁用手肘往他肚子輕輕一頂，讓他閉嘴之後，將視線望向始終從容不迫的年輕武士虛擬角色。

「Trilead Tetraoxide。很抱歉要冒昧問你一個問題，可以告訴我你幾級了嗎？順便告訴你，我和Mangan是7級。」

這個問題稍稍違反禮儀，但Trilead立刻點頭回答：

「好的，我是6級。」

「低1級啊？但你發出的劍氣卻足以讓我們卻步啊。」

琴說完，雪也點點頭補充一句：

「想必你是在『Anomaly』的教導下，歷經了非比尋常的修練啊。」

但年輕武士聽了獅子座流星雨「雙劍(Dualis)」的讚美，卻過意不去似的縮起肩膀，輕輕搖頭。

「哪裡……如果兩位在我身上感受到壓力之類的事物，那並不是來自我自己。」

「這話怎麼說？」

琴雨雪同時歪頭納悶，Trilead手伸向左腰，解除了強化外裝的配掛狀態。

直刀在咚的一聲沉重聲響中放到石桌上，琴一注視這把刀，就感到剛才的感覺又甦醒了。

以尺寸來說，跟藍之王所持有的大劍「The Impulse」是不用比，連兩姊妹起始裝備的打刀都比較大。刀柄與刀鞘的結構單純，但一種像是徹底打磨過的鋼鐵似的稠密質感，在在述說著這並不是尋常的強化外裝。

Trilead以耳語般的聲音，對倒抽一口氣的兩姊妹補充說明：

「這把劍，名叫『The Infinity』。」

「…………！」

一聽見這句話，琴反射性地往後一仰，差點從這現成的椅子上跌落。雪也做出了完全一樣的反應，所以兩人同時胡亂舞動雙手，勉強找回平衡，先讓變得粗重的呼吸穩定下來，才對持有者問起：

「專有名詞前面加上定冠詞，也就表示……這是『七星外裝』了……？」

回答她的不是Trilead，而是身旁的Silver Crow。

「是，就是所謂『七神器(Seven Arcs)』之中的一件。台座上刻著五號星(Epsilon)的名字。」

「等……等一下，Crow，為什麼你會知道這種事…………不對，慢著。」

琴腦中的一段記憶忽然甦醒。

記得是在上個月召開，為了檢查Silver Crow是否淨化完畢的七王會議。在等待負責檢查的「四眼分析者(Quad Eyes Analyst)」Argon Array時，Crow就看著兩姊妹的刀，說在無限制中立空間看過類似的刀。

「我看你……在七王會議的時候，就已經知道這件神器了吧？」

被她從旁一瞪，Crow搔了搔頭盔，點頭回答：

「是……是的，其實就是這樣。哎呀，鈷姊錳姊終於也親眼看到，真是太好了呢！」

「問題不在這裡！你是在哪裡看到這玩意兒的！」

「嘿……嘿嘿……這是祕密。」

「你這個裝蒜烏鴉……」

琴心想既然如此，不來上一記音速彈額頭實在吞不下這口氣，和拚命防禦的Crow展開一場低水準的攻防，結果……

「這……這個，請不要吵架！我來說明！」

聽Trilead探出上身勸架，琴只好縮回左手。

她大口喝完了茶洩憤，重重呼出一口氣，等年輕武士說下去。

Trilead一邊把視線落到桌上的「The Infinity」，一邊以略帶緊張的聲音說：

「……我得到這把劍……以及Crow兄看見劍放置的台座所在的地點，是在『禁城』正殿最深處。」

隔了幾秒鐘的延遲後……

「禁…………」琴喘不過氣來。

「禁城——？」雪大聲喊了出來。

位於無限制中立空間的正中央，卻因為有著超級公敵「四神」把守，任誰都無法越雷池一步，乃是加速世界最大也是最終的謎。這就是禁城，也就是現實世界中的皇居。過往黑之團之所以瓦解，正是因為前往攻略四神，受到了莫大的損害。

而Trilead Tetraoxide與Silver Crow，成功闖進這絕對無法入侵的最終迷宮……？

「難……難道說你們，打倒四神，打開了四方門……？」

琴戰戰兢兢地一問，Crow就先和Trilead交換了視線，然後重重搖頭。

「不，即使只是四神之中的任何一隻，現在的我們也絕對打不倒。」

他這句話裡深深沾染著不寒而慄的恐懼，彷彿先前裝傻的模樣都是假的，讓琴再度一口氣喘不過來。Crow接著看向黑之王一眼，以交換眼神的方式得到許可之後，繼續解釋：

「……我們上個月，前往禁城南門，挑戰搭救長年被封印……也就是陷入無限ＥＫ狀態的

Ardor Maiden。我們的計畫是由學姊，不，我是說由黑之王幫忙吸引把守南門的四神朱雀注意力，我和師父，不，我是說和Sky Raker，用二段推進加速的方式衝進南門前的祭壇，抓住配合好時機出現的Ardor Maiden，把她救回來。可是我一抓住小梅的瞬間，朱雀就鎖定到我身上……我沒辦法回頭，只好衝向南門。結果門開了一道縫，我就從這門縫衝了進去……」

「門打開了……？你是說明明沒打倒四神卻打開了？」

雪茫然若失地這麼一問，這次換Trilead發言：

「禁城的四方門，內側裝設了對應各門守護獸的『封印盤』。打倒守護獸，封印就會被破壞，城門也就會打開。但如果是從城門內部，封印是可以用物理攻擊破壞的。」

「…………竟然…………」

琴好不容易才說出這句話。

她身為老資格的超頻連線者，自認對於禁城的存在及其重要性，都有著充分的理解。但聽了這一席話，就讓她痛切感受到以往自己從來不曾把聳立在無限制中立空間正中央的那座城池，當成具體的攻略對象來看待。

然而黑之團的團員們不一樣。當然了，相信幹部被封印在四方門，也是他們挺身去攻略的原因之一。然而他們並不會以「因為是禁城」這樣的理由而放棄，而是多方偵察、擬定作戰，最後終於穿過四神的把守，達成了六大軍團中無人能夠達成的「入侵禁城」這樣的偉業。

……………真是的，這是什麼樣的一群人啊？

琴不是用Cobalt Blade的口吻，而是以現實世界中自己的口氣這麼思考，嘆了一口氣之後，振作起來問出了新的疑點。

「……可是，照這麼說來，是Crow和Maiden接近南門的時候，就已經有人從內部破壞了封印盤……說來就是這麼回事吧？不然城門應該不會打開吧？」

「是。」

Trilead再次說出了令兩姊妹驚愕的話。

「斬斷封印盤的人是我。這並不是呼應Crow兄他們的作戰，純粹是出於一種含糊期待的行為，期待會不會有一天，有人會從那座城門進來看我……」

「你說……從城門，進來看你？」

這個說法讓琴大惑不解。這豈不是說得好像Trilead Tetraoxide從平常就能夠自由進出禁城內部……不對，根本就是被關在禁城內了吧？

琴正要追問這話到底是什麼意思，但尚未開口，Trilead就迅速搖了搖頭。

「對不起，我現在還無法回答Cobalt Blade小姐的疑問。我唯一能說的……就是我長年來，處在某種像是被軟禁在禁城內部的狀態，能夠像這樣外出，全是多虧了Crow兄那天打開朱雀門，衝了進來。」

「哪……哪兒的話……我才要說，如果不是Lead破壞了朱雀的封印，門就不會打開，我應該也已經陷入無限ＥＫ狀態了……」

「哪裡，突破朱雀本體的防守，比破壞封印要難上好幾倍。」

「不會有好幾倍啦，禁城的衛兵公敵也有夠強的，而且還會無限冒出來。」

黑之王聽著Crow雨Lead奇妙的對話，忽然間發出嘻嘻一聲輕笑。

「你們這對搭檔的默契真是名不虛傳。」

「咦？這……這是跟誰聽來的……」

「當然是Maiden跟Raker了。Trilead，以後還請你和Crow當好朋友。」

「哇啊，學……學姊妳說這是什麼話啊！」

琴心想妳和他這對搭檔的默契可也相當好，但忍著不說出口，在腦子裡整理情報。

關於Trilead Tetraoxide的神祕之處，既然他本人都說不能透露，也就無法當場追究下去。但光是他所提供的幾項情報，也已經有著足以令她腦幹發麻的震撼力。

「七神器」當中，現在已經揭曉所在的，只有藍之王所持有的一號星（Alpha）「The Impulse」、紫之王的二號星（Beta）「The Tempest」、綠之王的三號星（Gamma）「The Strife」這三件。這些神器是在無限制空間中所謂四大迷宮的最深處被人發現，但四號星（Delta）神器「The Luminary」只確定芝公園地下迷宮有著空的台座，被誰取走則並不清楚。另外六號星（Zeta）神器全身鎧「The Destiny」則留有傳說，說這件神器從加速世界的黎明期，就受到黑暗心念汙染，淪為了災禍之鎧Chrome Disaster。

坐在琴身旁喝著茶的Silver Crow，正是第六代Chrome Disaster本人，但他解開了這種詛咒，將「鎧甲」封印在加速世界中一個不為人知的所在……他在上個月的七王會議上是這麼說的。也就是說，Crow應該知道曾是第六神器的強化外裝下落，但這就和Trilead的祕密一樣，即使現在問了，他也絕對不會回答。而且琴也不會特意想知道那件可怕的「鎧甲」沉睡在何處。

說穿了，先前名稱和所在地都不詳的神器，就只有五號星與七號星(Eta)，所有高等級玩家都長年追尋這些神器的下落——而今天終於揭曉了第五神器「The Infinity」存在於禁城內部，由Trilead Tetraoxide取得。

這麼說來，接下來的類推也就會成立。

既然五號星存在於禁城當中，相信六號星也是如此，而初代的Chrome Disaster多半就是用某種手段，並未打倒四神就闖進禁城，得到了這件神器。

那麼，第七件——最終的神器所在地，也是在禁城內部。

而且多半任何人都尚未碰過這件神器。

「……Silver Crow……」

琴為了弄清楚自己的推測是否正確，叫了坐在身旁的飛行型虛擬角色名字。

但一看到他光滑的鏡面護目鏡轉過來，立刻又說聲「沒事……」含糊帶過。白問第七神器這種加速世界最大規模的祕密，這樣的行為讓她覺得說不過去。

她轉而對坐在Crow對面的Black Lotus問起：

「……黑之王，你們為什麼要把這麼重要的情報，告訴身為敵對軍團幹部的我們？像四方門的封印盤運作的機制，這明明是比四大迷宮各種機關攻略法更有價值的情報吧……」

「敵對軍團的幹部，是吧……」

黑之王複誦琴的話，望向兩人的視線溫和得令人無法相信她曾經一擊打光初代紅之王Red Rider，還想連其他王都一起拿下。只聽她以鎮定的口氣說：

「……也是啦，獅子座流星雨現在也不時會跑來進攻杉並戰區，立場上多半就是敵對吧。可是，那我也要問，妳們為什麼答應Crow這種危險又棘手的委託？要人在現實世界移動到港區第三戰區，檢查對戰名單，這種請求我倒覺得常人當然會拒絕。」

「…………這…………」

琴不由得一句話說不出來，改由雪以略微尖銳的聲調回答：

「我話先說在前面，我們可不是沒想過前因後果就貿然答應。我們是和Silver Crow交過手，在現實世界中也見過面，確實估量過他有多認真才答應的。而且，加速研究社的問題，對我們而言也不是事不關己。如果白之團有嫌疑，有可能就是他們的本體，我們至少也願意協助查證，即使這委託是來自敵對軍團。」

雪說到「敵對」兩字時微微加大音量地斷定，但Black Lotus仍然老神在在，甚至還微微露出莞爾的氣氛，再度開了口：

「我聽Crow他們報告這件事時，比起妳們兩位接受委託，更讓我吃驚的是妳們竟然在現實世界和Crow他們見了面……——不管怎麼說，既然在加速世界對戰過，在現實世界一起吃過聖代，那就已經不是敵人了吧？」

「不是敵人，那妳說是什麼！」

琴不自覺地用小孩子找碴般的聲調反問，黑之王則是直截了當地回答：

「是朋友啊，當然。」

「朋……………」

換做是平常，一聽到這句話的瞬間，她多半已經手握刀柄，大喝：「不要胡言亂語！」。然而在加速世界幾乎毫無機會聽見的「朋友」這個字眼，現在卻硬是自然而然地透進內心深處。

在中野的家庭餐廳裡，不是以身披堅固裝甲的Cobalt Blade與Mangan Blade姿態，而是以國中三年級生高野內琴與高野內雪的身分，與血肉之軀的Silver Crow——有田春雪與Ardor Maiden——四埜宮謠，面對面坐下來吃著草莓聖代，聊些天南地北的話題，那段時間絕對不至於令她緊張。豈止不會緊張，回到家以後，甚至還覺得如果還能再有同樣的機會就好了。別說是對敵對軍團的團員，即使是對同屬藍之團的伙伴們，都不曾有過這樣的感慨。

琴被黑之王說了個出其不意，哪怕只是一瞬間，仍然卸下了精神上的屏障，朝坐在左邊的Silver Crow，發出了非常狀況外的問題：

「……我們，是你的……朋……朋友，嗎？」

結果白銀的對戰虛擬角色也忍不住以不解的聲調：「咦，這個，那個」，但很快地又點了點頭說：

「是。我認為我們是朋友。」

琴與雪從上了國小後，不記得曾在現實世界有過不折不扣可以稱之為朋友的對象。

理由多半是在於已經深深透進內心深處的「擔心自己也許其實不是自己」的恐懼。從固定了髮型之後，突然搞不清楚自己是哪一個的情形已經不再發生，但每次被班上同學叫到「小琴」、「小雪」時就會湧起的些許不安，從來不曾消失。這讓她們對任何人都很難敞開心胸，而小孩子對這種言外之意又很敏感，她們受到排擠的場面也跟著增加，讓她們開始逞強起來，覺得只要有彼此在身邊就夠了。

這種「心傷殼」即使在以超頻連線者的身分，得到獨一無二的名稱之後，仍然未能完全消失。即使上了國中，無法和班上同學打成一片的日子持續了三年。不知不覺間她們也已經習慣，正覺得她們即使去上學，多半也會一直是這樣……卻聽見了Silver Crow突如其來的朋友宣言。

「「…………………………」」

琴與雪啞口無言足足五秒鐘以上，這才同時露骨地清了清嗓子。

雪緊接著就說：

「……也……也好，既然你這麼說，我們也不是不能，這個……當你的朋……朋友。」

雪這麼一宣告，琴立刻接著說：

「可……可是，你們可別得寸進尺。我們終究是超頻連線者，一旦在名單上看到你們的名字，就會去挑戰。」

她先聲明這一點，然後兩人同時舒了一口長氣。

Silver Crow看著她們兩人這樣，連連高速點頭，黑之王則不由得露出今天已經露出過好幾次的微笑說：

「呵呵，看來我們達成了共識，真是再好不過。這樣一來，我也就能夠回答妳剛才的問題。之所以提供關於禁城的情報，是因為『雙劍』，妳們是Crow的朋友。」

「就……就只因為這樣？」

琴啞口無言地反問，Black Lotus就聳聳肩膀說：

「不然還需要什麼？」

「…………」

正當琴在覺得她未免太天真與佩服她不愧是王的心情間擺盪，說不出話來——

「……嘻、嘻嘻……啊哈哈哈……」

先前一直保持沉默的Trilead Tetraoxide，忽然發出了笑聲。

這個天藍色的年輕武者，以涼風吹拂般的嗓音笑了一會兒後，端正坐姿一鞠躬，向她們道歉，說道：

「對……對不起，我失禮了。我是忍不住覺得黑之王說得沒錯，覺得她真不愧是Crow兄的『上輩』。」

「哦？那真令人高興。」

Black Lotus點頭。

「咦，會……會嗎……？」

與Silver Crow歪頭，幾乎是在同時做出來的動作。這一下黑之王的眼光當場變得犀利，舉起右手劍逼問自己的「下輩」。

「Crow，你這是什麼意思？」

「沒……沒有，我沒有別的意思！」

「那不就表示你剛才的抗拒是真心的！上輩是我就真讓你那麼排斥嗎？」

「不……不不不不是啦！我只是想到像我這樣的傢伙，根本講不出像學姊這麼棒的話！」

兩人的互動，讓Trilead再度嘻嘻笑了幾聲，看著他們這樣，琴也覺得有股事物從喉頭往上衝。她忍不住讓這些事物往外發出，才嚇一跳地發現自己是在放聲大笑。

「哈哈哈，啊哈哈哈……」

雪看著身旁的琴彎著腰笑個不停，也以同樣的姿勢忍不住發出了笑聲。

兩姊妹一邊心想，上次這樣大笑已經不知道是多久以前了，一邊讓開朗的笑容響徹荒野空間的天空。

之後做完加入軍團的手續，琴與雪就把黑之團的兩人與Trilead Tetraoxide留在石桌旁，自己去到就在附近的JR目黑站（變化成的沙岩宮殿），從傳送門回到了現實世界。

琴輕輕呼出一口氣，一邊切斷神經連結裝置的全球網路連線，一邊睜開眼睛，就看見在雪身後的桌旁，妹妹頭的少年也比兩人晚了一步抬起頭。

這樣一來，繼Silver Crow與Ardor Maiden之後，她們和Trilead Tetraoxide也彼此都在現實世界露了相。但神奇的是就是不會起戒心。雖然終究不至於會想交換本名，但相對的她以視線傳達：「領土戰爭，你要好好加油。」

少年也深深一鞠躬，站了起來。離四點還有十七分鐘左右，實際的戰鬥多半不會在剛好四點時就發生，所以他多半是打算移動到館內的其他地方，從那裡連進領土戰爭戰場吧。

琴目送Trilead從咖啡廳走出去，用還保持冰涼的綜合莓果汽水潤了潤喉嚨，然後朝雙胞胎妹妹一瞥。

結果雪先慧黠地伸出舌頭，然後說：

「他們說我們是朋友。」

琴先針對做姊姊的該怎麼回答遲疑了一會兒，然後回答：

「那，我們可得做些夠朋友的事。等解決這個問題後，再找他們一起吃個聖代吧。」

「我也正想到這個主意！」

於是兩姊妹嘻嘻一聲相視微笑，不約而同地仰望微微開始染上金黃色的夏日晴空。

4

春雪在從中野戰區開往澀谷戰區的自動駕駛EV車上醒來後，忍不住「啊啊～」地嘆著氣，深深坐進座椅中。

他這一嘆氣，就被坐在身旁的黑雪公主在肚子上輕輕一頂。

「春雪，要鬆懈還太早喔。因為接下來才是重頭戲。」

「是……是滴，我明白。」

春雪點點頭，抬頭看向以AR方式顯示在公車天花板的地圖。現在位置是在東京捷運丸之內線的中野坂上站附近。這「西東京循環公車」會從中野區往澀谷區南下，再經過港區，往新宿區北上，穿過豐島區而再度回到中野區，路線完全符合這次任務的需求。只要就這麼沿著山手大道繼續南下，幾分鐘後就會越過方南大道，進入澀谷第一戰區。

「……終於要開始了……」

他這麼喃喃一說，黑雪公主也深深點頭。

「嗯。雖然我沒能參加領土戰爭，實在是再三遺憾……」

「不用擔心啦，就請學姊當自己上了大安宅船，儘管放心等好消息！」

春雪用力拍了拍胸脯，但得回的卻是熟悉的苦笑。

「你這比喻可真尷尬啊。聽說江戶幕府的安宅丸只有外觀豪華，卻沒辦法用在實戰呢。」

「那……那，就改成南北戰爭的裝甲艦……」

「為什麼老是跑出幾百年前的軍艦？算了，對於重頭戲的領土戰爭，我會當自己上了核子動力航空母艦，放心等好消息，但我擔心的反而是在這之前的手續啊……」

聽黑雪公主這麼一說，春雪也不得不深深點頭。

今天的主任務，是進攻港區第三戰區，也就是震盪宇宙的大本營，但為了將這個行動付諸實行，就得先經過幾道複雜的手續。

現在這輛ＥＶ公車，載著透過與日珥合併而誕生的「第三屆黑暗星雲」（暫定團名）合計十六名團員。

具體來說，前黑暗星雲派出了黑雪公主、楓子、晶、謠、拓武、千百合、志帆子、聖實、結芽、累，再加上綸，合計十二人；前日珥派出的除了仁子與Pard小姐之外，還有才剛在現實世界碰過面的「三獸士」另外兩人，合計四人。其他乘客只有坐在前面的三名高齡婦女，不可能混進其他軍團的團員。

在中野完成轉軍團手續的Bush Utan與Olive Glove兩人，說會搭電車移動到港區，所以這十六個人，就連人帶車一起進入了現在還是綠之團領土的澀谷第一戰區。接著在下午四點的十秒鐘前，由長城方面放棄對戰區的支配權。接著只要立刻對成了空白地帶的戰區註冊進攻，到了四點的瞬間，澀谷第一戰區就會在不戰而勝的情形下，讓渡給黑暗星雲。

之後就等公車駛入澀谷第二戰區後，再由長城方面放棄第二戰區的支配權。緊接著黑暗星雲註冊進攻，屆時若沒有其他軍團進攻，第二戰區的支配權也就同樣會完成不流血讓渡。

到了這一步，才算是完成了對與澀谷第二戰區鄰接的港區第三戰區——震盪宇宙大本營——的進攻準備。進攻隊員所搭的公車，會從山手大道左轉駒澤大道，穿越澀谷第二戰區，進入港區第三戰區。只要事先註冊進攻，在公車越過界線的瞬間，就達成了領土戰爭的發動條件，所以就由進攻團隊的代表看準時機加速，對白之團開啟戰端——

如果無法毫無閃失地完成這複雜的手續，今天的任務將在開始前就失敗。而且9級玩家黑雪公主與仁子不能參加領土戰爭，所以要與進攻團隊分開，擔任防守杉並戰區的任務。按照計畫，她們要在中野戰區與澀谷戰區的界線——方南大道轉乘公車，回到杉並，所以能夠像現在這樣坐在身旁的時間，已經剩下不到五分鐘。

要與寄予絕對信賴的劍之主分開的確令春雪覺得無助，但擔憂作戰成功與否的心情，多半是黑雪公主更為迫切。他心想既然如此，至少也不能露出不安的表情，於是用力拍了拍胸膛：

「不用擔心的，請包在我身上！像是轉讓的手續，我全都記得清清楚楚！」

但他這句話一出口，坐在前面的仁子就從椅背頭枕後面探頭，以拿他沒轍似的聲調吐嘈：

「我說啊春雪，實際操作選單的是進攻團隊的隊長Raker，還有長城的人吧？你就只是坐在那邊吧？」

「話……話是這麼說沒錯啦……該怎麼說，這是心意的問題……」

「我擔心的反而是長城那邊會不會照約定，配合好時間放棄領土啊。應該不會到了最後關頭，才覺得給我們還是太可惜，所以不幹了吧？」

仁子這番話，由黑雪公主做出回答。

「這也只能相信他們了。好歹聽說對方負責操作的是『六層裝甲（Six Armor）』第一席，我想應該是不要緊。」

聽到黑雪公主這麼說，春雪忍不住把臉湊到她耳邊輕聲問起：

「學……學姊說的這第一席，就是Graphite Edge兄吧？」

「說來就是這麼回事。」

「要……要不要緊啊……」

短短幾分鐘前才在無限制中立空間見過的Trilead Tetraoxide，可說是把「品行端正」這句話擬人化而成，但他的上輩Graphite Edge則有著會令人想以「任性妄為」來形容的個性。但黑雪公主一邊輕輕聳了聳肩膀，一邊輕聲回答：

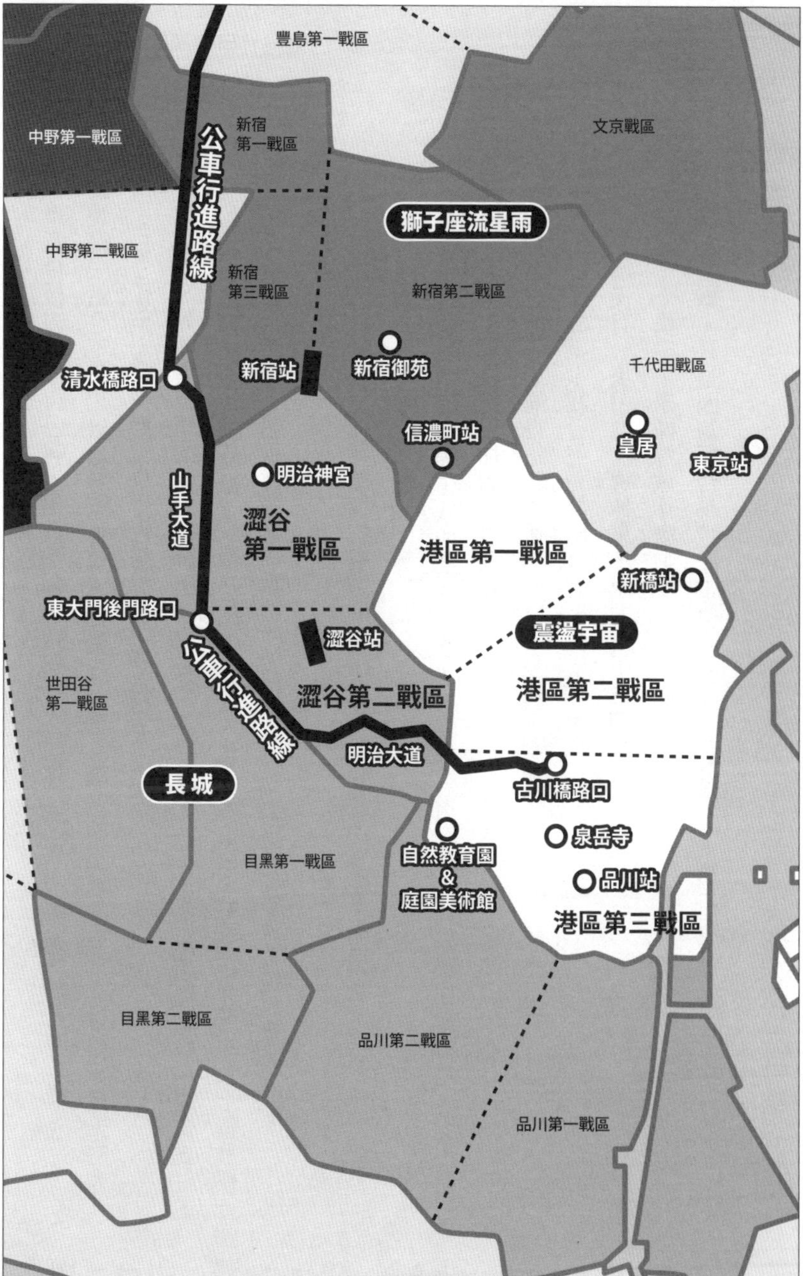
豐島第一戰區
中野第一戰區
新宿
第一戰區
文京戰區
公車行進路線
獅子座流星雨
中野第二戰區
新宿
第三戰區
新宿第二戰區
千代田戰區
清水橋路口
新宿站
新宿御苑
信濃町站
皇居
東京站
山手大道
明治神宮
澀谷
第一戰區
港區第一戰區
新橋站
東大門後門路口
震盪宇宙
澀谷站
世田谷
第一戰區
公車行進路線
澀谷第二戰區
港區第二戰區
明治大道
長城
古川橋路口
泉岳寺
目黑第一戰區
自然教育園
&
庭園美術館
品川站
港區第三戰區
目黑第二戰區
品川第二戰區
品川第一戰區

「畢竟付錢的是他自己啊，相信不會事到如今才反悔。」

她說得一點也不錯，以超頻點數將澀谷第一、第二戰區的土地款項，支付給綠之王的人，就是Graphite Edge。雖然他不肯說出總額，但肯定是天文數字。

仔細想想，先前與日珥的合併會議上，也是拓武與Magenta Scissor以超頻點數，幫忙支付了作為信賴證明的保證金，總覺得這下可欠了很多人大量的人情債。至少在今天的領土戰爭裡，一定要比任何人都活躍，儘可能多還一點這些人情才行——春雪正想著這樣的念頭……

「喂。」

坐在前面的仁子就從椅背頭枕的縫隙間伸出右手，在他額頭上響亮地彈了一記。

「好痛……妳……妳做什麼啦？」

「你露出這種表情的時候，八成都會撲空，所以我很擔心啊。我先跟你講清楚，你不要想什麼要好好表現，只要打出你的一套就好了。」

被人把自己的心思看得這麼透徹，春雪也只能乖乖點頭。

「好……好的……我會努力打出我的一套……」

但這次卻又有一隻手從左邊伸來，用力捏了他的耳朵。

「好痛……學……學姊妳做什麼啦？」

「嗯，沒事。只是因為好台詞被仁子搶先說了，我就鬧一下彆扭看看。」

「哪……哪有這樣的啦……」

春雪正要抗議這不講理的攻擊，結果竟然連後面也有手伸了過來，把他頭頂的頭髮用力往上拉。

「好痛……師……師父妳做什麼啦？」

春雪眼眶含淚地回頭一看，看見楓子露出笑瞇瞇的表情，說出比黑雪公主更不講理的話。

「我只是覺得好像有種愛情喜劇的氣氛，所以把它強制結束♪別說這些了，下一站就是清水橋的公車站牌了，小幸。」

「唔，已經開到這裡啦……」

黑雪公主抬頭朝天花板上的地圖一瞥，扭轉上身看了楓子一眼，換上正經的表情說：

「——之後就拜託妳了，楓子。」

這句話雖然簡潔，卻因此更讓人強烈感受到兩人之間的情誼與信賴，楓子聽了後也強而有力地點頭回答：

「包在我身上，小幸。」

黑雪公主與楓子拳頭輕輕互碰，然後再度和春雪視線交會，默默微笑。

就在春雪極力露出微笑點頭回應的同時，公車開始靠向道路左側減速。公車停下的瞬間，仁子與黑雪公主迅速起身。

兩人再也不回頭，從後方車門下到步道上，公車就發出馬達運作聲開走。春雪先朝空出來的座位瞥了一眼，然後將目光望向前方。

現在時間是下午三點五十分。再過十分鐘，終於就要開始七月第三週的領土戰爭時間。雖然重頭戲的戰鬥不會立刻開始，但他仍然雙手冒汗。

可是，他不需要把一切都往身上攬。因為身旁有著這麼多令人放心的伙伴。只要相信大家，打出自己的風格，想必能夠開出一條路。

——仁子，妳的強化外裝，我一定會搶回來。

——學姊，白之王讓妳苦惱的惡毒計謀，我一定會揭穿。

春雪在心中對她們兩人呼喊，用力握緊雙拳。

＊＊＊

一下了公車，黑雪公主就打開了平常都關掉的神經連結裝置中「好友標籤」功能。

這是「個人標籤」功能的一部分，可以在登記過的人物頭上，以AR方式顯示寫有名字與圖示的投影標籤。在人潮洶湧而容易走散時，又或者是碰頭時，都非常好用，但若一直開啟這個功能，就容易養成不看對方的臉而只看標籤的習慣，所以她一向避免太常用。

然而現在她就是隱約覺得想看到朋友們的標籤。就在開啟功能的同時，好幾個四角圓潤的長方形浮現出來，疊在開走的公車上。由於她設定成不是顯示名字而是圖示，長方形中也就有著五花八門的符號。

天藍色圓圈裡有著綁絲帶白色帽子的標誌是楓子；有著橘色眼睛的角鴟標誌是謠；單純的水滴標示是晶；黃綠色的貓是千百合；藍色眼鏡是拓武。而粉紅豬的標誌則是有田春雪。

這是他們自己挑選，設定成各種社群APP泛用的圖案。剛認識時春雪似乎不太喜歡這粉紅豬的校內虛擬角色，但至今仍未變更，甚至還拿來當社群交流用的圖示。如果是因為黑雪公主非常喜愛他的豬型虛擬角色，他才一直用到現在，那就會令她非常高興。

目送公車漸漸開遠，隨著距離拉開，與伙伴們神經連結裝置的無線連線也一一切斷，最後粉紅色的豬型標誌也跟著消失。公車本身也很快就混入車陣之中，但她仍默默目送公車開遠，結果——

「別愁眉苦臉的，又不是今生永別了。」

聽到這句話的同時，背上的第三腰椎被人一戳，讓黑雪公主「呀！」的一聲尖叫，輕輕跳起，然後才用力轉過身去。

「我才沒有愁眉苦臉！明明就只是目送公車開走！」

她小聲一喊，頭上顯示著紅色櫻桃標籤的仁子就笑瞇瞇地反駁：

「那好，妳要苦瓜臉還是哭喪著臉都行，我們再不趕快去到對面的公車站牌，往杉並的公車就要來啦。」

「唔……我……我知道。」

黑雪公主一回答，開始快步走向清水橋路口的行人穿越道。走在身旁的仁子切換口氣，發起牢騷：

「不過還真沒意思啊。到今天為止做了那麼多事情，卻沒辦法參加最關鍵的戰鬥。」

「軍團會議上就是這麼決定的，那也沒辦法。」

「這我是知道啦，可是Pard他們也太擔心了啦。領土戰爭裡點數不會轉移，所以我想我們的瞬殺規則當然也不適用。」

「這……我也是這麼覺得啦……」

這時正好換成綠燈，黑雪公主一邊走過行人穿越道，一邊點了點頭。

身為最強大戰力的兩名團長不參加進攻港區第三戰區的行動，而是回防領土，理由就是因為白之王親自參加震盪宇宙防衛團隊的可能性並不是零。

王，也就是9級玩家之間，被課以一戰定生死規則，一次的勝負，就會讓所有超頻點數都轉移到勝者身上，打輸的人就會立刻被強制反安裝。但過去並不存在王與王在領土戰爭中開打的紀錄，很有可能就如仁子所說，在點數不會轉移的領土戰爭裡，一戰定生死規則也跟著例外，然而……

「……可是，一旦我們參加進攻團隊，Cosmos也出現在敵方團隊裡，像Raker和Pard她們就會沒辦法自由作戰。因為她們絕對不會離開我們身邊。」

黑雪公主這麼一說，仁子固然噘起嘴唇，卻也點了點頭。

「這，是啦，也許是……可是，我們提防成這樣，但你們前陣子才跟包括綠之王在內的長城團隊打過模擬領土戰爭吧？那在系統上就是正常的亂鬥模式，所以萬一妳和阿綠打起來，不就有一方有可能一戰掉光點數？真虧Raker和Crow會答應啊。」

「也是啦……——只是那次事關澀谷戰區的交還，而且也事先談妥，我和Grandee絕對不會直接打起來。」

「那也只是嘴上的約定吧？這個……妳一點都沒想過嗎？想過這一切從一開始就是個圈套，Grandee是要拿下妳人頭的可能？」

「唔……」

黑雪公主沉吟著過完馬路，往右一彎，就在前方不遠處看見公車站牌。根據以AR顯示的等待時間計量表，下一班往杉並的公車，將在兩分四十秒後抵達。

她在標示柱旁停下腳步，回答仁子的問題：

「——最近我漸漸開始認為……Grandee雖然是諸王裡最神祕的一個，但同時也是最表裡如一的一個。他的目的就只有讓加速世界……讓BRAIN BURST2039存續下去。就是因為有助於這個目的，他才會贊成訂立七大軍團的互不侵犯條約，而且為了解決點數供應不足的問題，這些年來他一直親自獵殺大量的公敵來彌補……對這樣的Grandee而言，加速研究社的圖謀應該是必須阻止的。所以，在我們試圖對抗研究社的時候，他多半會協助我們吧。」

「唔……」

仁子雙手抱胸，露出王該有的表情說：

「……可是他的這種協助是雙刃劍，不，應該是盾牌吧。現在他站在保護你們……更正，是保護我們的這一邊，可是一旦他判斷我們會以某種形式威脅到加速世界，馬上就會翻臉不認人。」

「也對。畢竟我曾經讓一個王永久退出，而且還公開宣言說要以把BRAIN BURST破關為目標啊……」

黑雪公主說完，深深吸一口氣，抬頭看著七月下旬的夏日晴空說下去：

「……可是，哪怕到時候會弄得必須和Grandee敵對，只有這件事我不能退讓。升上10級，見到開發者，攻破禁城四方門，拿到最終神器，會發生什麼事……畢竟我就像是為了知道這件事而活著啊。」

一聽到她這麼說，仁子反射性就想說些什麼似的仰起上身，但又緩緩呼出一口氣，點了點頭。

「嗯……我知道。我不會叫妳收回這個目標。將來有一天，我也想看看禁城裡的模樣。」

「就是說啊。我連一次都沒能闖進去，只有Crow有事沒事就跑進去玩了好幾次，這我可不服氣。」

「哈哈哈，也沒有輕鬆到有事沒事就闖得進去吧。」

黑雪公主聽著仁子的笑聲，操作虛擬桌面，就要關掉神經連結裝置的好友標籤功能。但就在按下ＯＫ按鍵之際，她覺得有個鮮明的色彩從視野左端掠過，皺起眉頭看了過去。

有著圓潤稜角的方形圖示，沿著山手大道從北方——也就是中野戰區方面接近。不是徒步會有的速度。是黑雪公主收錄在社群ＡＰＰ好友名單中的人，搭對向車道的公車接近。但很難想像會有這種事情發生。黑雪公主的好友名單，幾乎全都是黑暗星雲的團員，而他們所搭的公車，不是才剛朝港區戰區開走嗎？

她心裡正想著到底是誰，朝圖示仔細看去。符號標誌的圖案，是淡紫色底配上厚重的精裝本——

「這……這個標誌是……」

她瞪大雙眼。

「…………是……是惠…………？」

黑雪公主以沙啞的嗓音說出了這個名字。

除了軍團團員以外，收錄進好友名單的唯一例外。梅鄉國中學生會書記若宮惠。

「喂……怎樣啦，是有認識的人在嗎？」

黑雪公主無法回答仁子以狐疑的聲調問出的問題，只能默默看著EV公車以及公車上重疊顯示的圖示接近。

這——會是巧合嗎？

當然相信惠也會去新宿或澀谷玩，而且也可能不搭電車，而是搭公車。可是她所搭的公車，與黑暗星雲團員……與今天領土戰爭的進攻團隊所搭的公車路線完全相同，而且只晚一班車。這豈不像是在從後追去嗎？

沒錯，而且，現在的惠的確不是超頻連線者，但她並非和加速世界完全無關。

那是三個月前，畢業旅行去到沖繩邊野古海灘時發生的事。黑雪公主始料未及地與一位曾經參加紫之團「極光環帶」的超頻連線者老朋友重逢，並與他和他的徒弟，合力和「大怪物」戰鬥。

怪物的真面目，是被馴服的神獸級公敵，坐在公敵背上的加速研究社社員「Sulfur Pot」與公敵的組合攻擊，讓黑雪公主等人陷入苦戰。但這時一個跑來插手的陌生對戰虛擬角色，以變更對戰空間屬性的驚人大招，救了黑雪公主等人，隨即離去。那個虛擬角色肯定是惠。

當時發生了什麼事，到現在都尚未揭曉。事件發生後，黑雪公主曾找藉口與惠的神經連結裝置直連，連本地儲存空間都徹徹底底掃瞄過，但未能發現BB程式。因此她一直認為，那是在南國島嶼上發生的，下不為例的奇蹟，然而……

……惠……妳為什麼現在，會在這裡……

黑雪公主在內心深處這麼呼喊之餘，動起舉在空中不動的右手，不去關掉標籤功能，而是開啟了視覺強化功能。

裝置內建攝影機的畫面，覆寫在視野之中。她用指尖雙重點擊公車，放大畫面。把從對向車道接近的公車右側車窗放大到極限。

有著書本圖示標示的下方，可以看見一個有著一頭輕柔短髮的人影。錯不了，就是惠本人。微微低頭的側臉上看不到表情。然而——

黑雪公主覺得，她的眼角，有個小小的事物在反光。

一感覺到這點的瞬間，黑雪公主就以壓低的聲音，對身旁的仁子說：

「抱歉，仁子……我不能回杉並！」

「啥！妳……妳是怎麼啦？」

「理由我晚點再跟妳解釋！總之，杉並的防守就拜託妳了！」

她這麼一喊完，立刻開始跑向先前才剛過完的行人穿越道。

惠所搭乘的公車已經從她們兩人身前開過，並未在路口遇到紅燈，一路往南開走，所以現在即使用跑的也追不上。但至少也要搭上下一班公車，又或者運氣好，能攔到同方向的計程車，也許就趕得上領土戰爭開始的瞬間。

她衝到去路上行人用號誌已經開始閃爍的路口，就聽見背後有腳步聲追來。

她一邊奔跑一邊回頭，再度以壓低的聲音呼喊：

「仁子，妳回杉並……」

「我說妳啊，這種狀況下我怎麼可能丟下妳不管！黑雪，要知道妳已經是『我的軍團長』啦！」

這句話深深穿進黑雪公主心裡。

仁子說得沒錯。雖然在決定軍團長的猜拳中，仁子有故意放水的嫌疑，但哪怕只是暫定，黑雪公主就是接下了軍團長的職責。即使兩人立場顛倒，相信黑雪公主也不會放仁子一個人離開。

黑雪公主過完行人穿越道，停下腳步之後，再次對仁子道歉：

「……抱歉……」

她深呼吸一口氣，調整好氣息，看向南方。惠所搭的公車已經開得相當遠，緊接著，無線連線就和目送楓子等人離開時一樣斷絕，好友標籤也跟著消失。

「……那輛公車怎麼了嗎？」

黑雪公主被問到，轉頭一看，看見仁子以正經的表情抬頭看著她。她先默默點頭，然後簡潔地說明：

「嗯，我的朋友在那輛公車上……這個人物現在已經不是超頻連線者，但以前說不定是。我怎麼想都不覺得是巧合……」

「妳的意思是說……是點數全失，失去了記憶的超頻連線者？」

「……有這個可能……也許是我想太多，可是……」

黑雪公主咬緊嘴唇，仁子在她左手臂上輕輕一拍。

「我可不這麼覺得。妳想想……『點數全失的超頻連線者活轉過來』這樣的情形，我們應該不陌生吧？」

「…………！」

聽仁子用緊繃的嗓音指出這一點，黑雪公主尖銳地倒抽一口氣。

仁子說得沒錯。直到前不久，她們還認為這樣的現象絕對不可能發生，但這一個月內，就遇到了足足兩次足以顛覆這個常識的事。

其一就是寄宿在ＩＳＳ套件本體裡的，初代紅之王Red Rider的殘存思念。

另一件就是寄宿在Wolfram Cerberus右肩上的「掠奪者」Dusk Taker的殘留思念。

兩者都和活生生的本人無關，就像是一種獨立存在的「記憶的複製體」，但惠的情形明顯不一樣。但相對的，卻也有著共通點存在。

操縱Red Rider與Dusk Taker記憶複製體的，是加速研究社。

而在三個月前的沖繩，哪怕只是暫時，但讓惠找回超頻連線者記憶與力量的那場戰鬥之所以會發生……以及今天，他們要在港區第三戰區打的對手，都是加速研究社。

「…………如果她被研究社的人透過某種形式利用……我，還是非去不可。」

仁子並不反駁黑雪公主的宣言。

「那，我也一起去。」

「可……可是，萬一Cosmos在敵方陣容裡……」

「反正遲早都要對上這個對手的，不是嗎？而且剛才也說過，我不能放妳一個人去。身為團員就是不行。」

仁子剽悍地一笑，朝西邊的天空瞥了一眼後，補上幾句話：

「而且，杉並的防衛妳也別擔心。練馬還留著足足三十個以前日珥的人，他們會把杉並也輕輕鬆鬆順便守下來的。妳要相信他們，他們可是很強的。」

「…………嗯，我相信。」

忽然間一股熱流往喉頭上衝，黑雪公主好不容易吞了下去，才點點頭。

沒錯——黑暗星雲，已經不是以前那種要守住一個戰區都得費九牛二虎之力的小規模軍團了。剛復活時只有黑雪公主和春雪兩人，後來拓武加入，千百合加入，楓子、謠、晶回來……然後加上今天才剛加入的Ash Roller、Bush Utan、Olive Glove，以及Trilead Tetraoxide，還有系統上並未記載在軍團名冊當中的大天使梅丹佐，如今黑暗星雲已經成了一個總數五十人，支配領土多達八個戰區的巨大軍團。

那一天——得知自己砍下初代紅之王Red Rider的首級，是受了白之王White Cosmos操縱的結果，因而拿刀朝向親生姊姊的那一天，她以為自己已經失去了一切。她被趕出位於港區的家，進了遠離老家的杉並區學校就讀後，也堅持不把神經連結裝置連上全球網路，一直把自己關在小小的黑色外殼之中。

但過了一年半的一天，她在校內區域網路的壁球區裡遇見的那個小小的粉紅豬型虛擬角色，為黑雪公主打破了她的殼。他也打破了自己的殼，得到白銀鴉的模樣，拍動美麗的雙翼，為他們兩人開創出一條路。

如果說就是這條路，通到了此時此地——那麼自己終究不能在這裡回頭。哪怕有著點數全失的可能，要是無法一起打這場仗，接下軍團長的職位就沒有意義。

——對不起，楓子；對不起，春雪。只要一次就好，讓我違背約定。

——然後惠，如果是加速研究社讓妳難過，我身為朋友，一定會救妳。

黑雪公主在心中對重要的人們呼喊後，迅速轉過頭去。
這時正好有第三輛公車從北側接近。身旁的仁子把右拳用力往左掌上一擊。
「好啊，這可熱血起來了！領土戰爭還是要進攻才好玩！」
「我難得有同感。」
於是兩個王嘴角一揚，相視一笑，開始跑向公車站牌。

＊＊＊

「超頻連線。」
倉崎楓子在他身後的座位，以最小音量輕聲唸出了加速指令。
春雪全身緊繃，瞪著視野右下方的數位時鐘。
下午三點五十九分五十七秒，五十八秒，五十九秒……下午四點。
「ＯＫ，澀谷第一戰區的支配權轉讓順利完成了。」
聽見從剎那間的加速回歸的楓子悄聲說完，不只是春雪，四周的團員們都不約而同鬆了一口氣。
看來Graphite Edge確實遵守了約定。黑雪公主下車後，春雪身旁的空位空了出來，千百合就來到這個座位上，一邊把身體靠上椅背，一邊小聲說：

「太好了……格拉兄的形象有點可疑，我其實大概有二十五％懷疑的說。」

「……妳這稱呼，跟綠之王的『阿綠』會不會有點容易搞混？」（註：「阿綠」取自「Green」的日文拼音「格林」的「格」字，與Graphite的「格拉」近似）

春雪小聲這麼一回，這位兒時玩伴就把嘴噘得高高的。

「不然要叫『法兄』？還是『埃兄』？」

「不不不，正常叫他『Graph兄』就好了吧？」

「這實在太平凡了啦。他把小謠叫成『點點』，把晶姊叫成『卡林』，這些稱呼那麼好玩，我們也不能認輸啊。」

「妳再這樣講，小心自己也被他取個好玩的名字。」

「哼哼，那正合我意。」

兩人正聊著這些沒營養的對話，環狀線公車仍在山手大道上持續往南行駛。

之後在東大（註：東都大學）後門的路口再度越過界線，進入澀谷第二戰區，只要楓子和Graph在這個時間點上，再次進行一樣的操作，第二戰區也就會轉讓完畢。公車左轉駒澤大道，從ＪＲ惠比壽車站北側通過，開進明治大道，在法國大使館附近再越過界線，就終於要進入港區第三戰區。

這個時候，相信Trilead Tetraoxide與鈷錳姊妹，應該正在港區的庭園美術館靜待「那一刻」的來臨。

時刻過了下午四點，已經進入領土戰爭時間，但實際的戰鬥要在四點到五點之間的哪個時間點開始，進攻方可以自由決定。從今天公車的移動速度來計算，多半會在四點三十分左右。

也就是說，還得請Lead與鈷錳姊妹在美術館繼續等上一陣子，而這三十分鐘有多麼漫長，春雪非常清楚，所以過意不去得有如身陷大罪空間，但這次實在無可奈何。

春雪是希望至少能用郵件把預定開戰時刻告訴他們，但現在他並未將神經連結裝置連上全球網路。剛才他在為了與Lead見面而連進無限制空間時，就抱持著被人挑戰的覺悟，連上全球網路一瞬間，不知道如果同樣的事情再做一次要不要緊……想到這裡，他忽然注意到一件事。

春雪在座位上扭轉上身，越過椅背看向後面的座位，小聲對楓子問起：

「師父，請問一下，剛才這輛公車開過的澀谷第一戰區，在系統上已經是黑暗星雲的領土了吧？」

「是啊，就是這麼回事。雖然要是領土戰爭時間內，有其他軍團註冊進攻，而且我們打輸，就會被搶走了。」

「是……是嗎，所以也有這種可能啊……——那澀谷第一的防衛團隊，是要怎麼弄？」

楓子笑瞇瞇地回答春雪的提問。

「目前只有登記我一個人，如果鴉同學要代替我，我隨時都很樂意讓賢喔。」

「不……不是，不不不用了…………咦，可是，如果註冊成防守方，師父不就沒辦法參加港區第三戰區的進攻團隊了？」

黑雪公主與仁子不能參加的現在，Sky Raker無疑是最強戰力之一耶！春雪想著這樣的念頭而戰戰兢兢地問起，楓子就再度露出微笑。

「不用擔心的，要註冊進攻團隊的時候，我就會離開防守團隊。說穿了，只要在開始進攻的瞬間，領土是相鄰的就可以了。」

接著坐在楓子身旁的謠迅速敲打投影鍵盤。

【UI＞順便說一下，澀谷第二戰區的防守由我負責，但我也一樣會參加進攻，還請放心！】

「原……原來如此……！」

春雪正鬆了一口氣，接著坐在他身旁的千百合也同樣面向後方問起：

「可是楓子姊姊，這樣一來，到了四點半就會沒有防守團隊吧？然後如果剩下的三十分鐘內，周圍有別的軍團注意到這點，這次就會換我們不戰而敗，讓澀谷戰區被搶走吧……？」

「這個可能性當然是存在的。只是……」

楓子一邊說，一邊操作虛擬桌面，秀出以澀谷為中心的全像投影地圖。坐在走道另一側的Petit Paquet三人組與綸，也都興味盎然地探出上身湊過來看。

「……就像這樣，擁有與澀谷戰區相鄰領土的，只有北邊支配新宿戰區的獅子座流星雨、南邊支配目黑戰區的長城，以及東邊支配港區戰區的震盪宇宙。其中在獅子座流星雨這方面，鈷錳姊妹應該已經把這件事跟藍之王提過，長城方面我們已經付了領土的錢，所以應該可以當作沒有受到他們進攻的危險吧。這樣看來，有可能來進攻的就只有震盪宇宙……但如果他們留意到澀谷第一、第二戰區成了黑暗星雲的領土，火速編組進攻團隊，那對我們反而是幸運，因為……」

「因為港區第三戰區的防守就會變得薄弱是吧，楓子老師！」

舉起右手說出這句話的，是Petie Paquet組的聖實。

她在現實世界中學習綜合格鬥技，同時也是志帆子的格鬥術教練。聽說她轉投黑暗星雲後，就和楓子交手，被楓子變幻自如的掌擊與電光石火的踢法打得一敗塗地。從此以來，不只是聖實，連志帆子與結芽也都愛戴地稱楓子為「楓子老師」。

楓子似乎也已經被春雪與綸的「師父」稱呼叫慣了，若無其事地點點頭，繼續講解：

「就是這樣，小聖。只是，一旦被震盪宇宙看穿澀谷戰區的支配權轉移，是為了進攻港區第三戰區……我們就得做好防守反而變得厚實的覺悟了。從這個角度來看，真身從澀谷第一、第二戰區，再到港區第三戰區的移動，是時間愈短愈好……」

「可是不管是ＪＲ山手線、地鐵的大江戶線還是千代田線，都沒這麼湊巧能剛好串起這三個戰區說～」

說話的是同屬Petit Paquet的結芽。她用指尖將眼鏡橫梁用力往上一推。

「我也想過要去弄一輛能坐二十人左右的小巴士，請楓子老師沿著和這班公車一樣的路線飆車啦～」

還說出這種讓人搞不清楚她頭腦到底好還是不好的主意。聽到這個主意，連楓子也不得不苦笑。

「我說啊結芽，憑我的駕照，不能開那麼大的車啦。」

「可是，光是有駕照跟車，就夠厲害了啊！請老師下次載我們出去玩！」

聖實再度發言，志帆子急忙揪住她制服外套的衣領。

「妳喔，不要對老師這麼厚臉皮！」

「怎樣啦？Choco還不是說過想去橫濱的人偶之家！」

「這……這是兩回事！」

兩人正要爭得愈演愈烈，晶卻忽然從她們後方探出頭來。

「就快到戰區界線了。」

這句話讓春雪趕緊看向天花板的地圖，發現距離作為澀谷第一與第二戰區界線標記的東大後門路口還剩兩百公尺。志帆子等三人也趕緊回到自己的座位上，春雪與千百合也轉回去面向前方。

時刻是下午四點零八分。按照計畫，楓子會在公車越過界線的時候，發郵件聯絡Griphite Edge。聽說楓子是在禁城遇到Graph時，就問出了用來進行這次聯絡的郵件位址，但回到現實世界之後，卻說了些奇妙的話。說用Whois搜尋過他指定的郵件位址主機，什麼都沒找到，郵件卻會寄到，還說這就全球網路的構造上來說是不可能的——

春雪很想問清楚這是怎麼回事，但現在他不能打擾楓子。乖乖等了一會兒，東都大學教養學部的校園就出現在右邊，公車開過一個大的路口，進入了澀谷第二戰區。

楓子再度加速，接著又立刻回來。吞著口水等待消息的眾人耳裡，聽見進攻團隊隊長鎮定的聲音。

「OK，澀谷第二戰區的轉讓也順利結束了。這樣一來，澀谷戰區全都成了黑暗星雲的暫定領土。」

春雪和轉讓第一戰區時一樣深深呼出一口氣，和身旁的千百合拳頭輕輕互碰。

如果這是正常的領土戰勝利，他是很想大聲歡呼「打贏啦！」但這些終究只是為了進行關鍵戰鬥所做的安排。而且雖說這是他們在六天前那場模擬領土戰爭打贏的結果，但看上去終究是由長城轉讓給他們。窗外流過的也是完全陌生的街景，沒有實際增加了領土的感覺。

但不管怎麼說，這一來黑雪公主先前所擔心的領土轉讓手續，都已經全部完成。雖然實際操作系統選單的人是楓子，春雪就只是在一旁看著，但在鬆了一口氣的同時，也湧起一股新的緊張感。

相信黑雪公主與仁子，差不多已經回到杉並戰區了。如果有軍團來進攻，說不定已經打完了一場防衛戰。

春雪再度望向窗外，將思念送向自己的劍之主。

——學姊，這一刻終於要來了。無論對手是多麼難纏的強敵，我們都絕對會打贏，還請學姊稍待一會兒。

環狀線公車開在山手大道上，在穿越京王井之頭線處開進舊山手大道，從首都高速公路三號線高架橋下開過，接近澀谷戰區的南端。離港區第三戰區的界線還有三公里，預測所需時間是七分鐘。

在走到這一步之前，能做的事情應該全都已經做了。

強化黑暗星雲的陣容。

與長城交涉領土交還事宜。

與日珥合併軍團。

委託Cobalt Blade與Mangan Blade擔任見證人。

帶Trilead Tetraoxide逃出禁城，並勸其加入軍團。

以及，強化自己（Silver Crow）——

這一切是否會開花結果，七分鐘後就會分曉。雖然不容許失敗，但沒有所謂「絕對」存在，卻也是加速世界的真理。既然已經走到這一步，剩下的也就只有把自己的一切都發揮到底。他必須卯足心念系統以外的所有力量，打破巨大的牆壁。

「……不用擔心，小春你行的。」

千百合這句彷彿看穿了他心思的話出口的同時，輕輕握住春雪的左手。春雪往旁一看，看見從出生就認識的兒時玩伴臉上有著熟悉的……卻又令他眼睛一亮的笑容。

「等開始以後，你就別東想西想的，儘管放手去打吧。如果只是一點小傷，我三兩下就會幫你治好。」

「……嗯，靠妳了。」

春雪點頭回應，注視行進方向。

公車已經從舊山手大道開上駒澤大道。從前車窗只看得到道路兩旁林立的大樓，他卻在遠方看見了幻影般搖曳的白堊宮殿——以前在無限制空間看見的加速研究社大本營，與現實世界的影像交疊。

當時他是被自稱研究社副社長的Black Vice躲進影子的特殊能力捲入，什麼都還弄不清楚就闖了進去，但這次不一樣。這次他做足了準備，要和伙伴們憑自己的意志去攻打。

根據天花板上的地圖，剩下的距離約有兩公里，時間大概還剩下四分鐘多一點。

而看到地圖，春雪就想起了幾分鐘前腦中冒出的疑問，趕緊再度朝向身後。

「對……對了師父，我忘了問最關鍵的問題。」

「什麼問題呀，鴉同學？」

「呃，澀谷戰區成了黑暗星雲的領土，也就表示現在即使連上全球網路，對戰名單上也不會出現我們的名字吧？」

「的確算是這樣。」

楓子點了點頭，讓他鬆了一口氣，繼續說下去：

「那，我可以聯絡一下鈷錳姊妹嗎？我想把預定時間之類的跟她們說一聲……」

「好啊，可是為防萬一，聯絡完以後請你立刻斷線喔。」

「了解！」

春雪重新坐好，急忙連上全球網路，啟動郵件軟體。他將預設領土戰爭的開始時刻，用郵件寄給高野內姊妹，立刻就收到琴所發的【了解】與雪所發的【加油喔～】兩封回答。

超頻連線者之所以不使用包括即時通訊APP在內的社群服務，來和其他軍團的團員聯絡，是為了保護個人資料。一旦在社群服務裡相互登錄為好友，就有著無意間將資訊洩漏給對方知道的危險，而且若想完全斷絕聯繫，就必須刪除社群服務的ＩＤ本身，但若只是交換所謂「用過就丟的郵件帳號」，那麼只要把帳號解約就行了。

然而就鈷錳姊妹而言，雙方都已經露出真身的長相與本名，要完全切斷聯繫，實在有困難啊……春雪一邊這樣想，一邊對Trilead也寄出郵件。說順便也不太對，但他本想對黑雪公主也說一聲，於是打算用語音交談來報告現況，然而——

虛擬桌面上顯示的，是一句告知對方並未連上全球網路的枯燥訊息。

「奇怪……」

他喃喃自語歪了歪頭。時間早就過了下午四點，照理說黑雪公主與仁子應該都已經回到杉並戰區內待命準備防守。要在領土戰爭中出擊，當然就必須連上全球網路，是回杉並的公車誤點還是怎麼了嗎？

「怎麼啦，小春？」

被千百合問起，春雪微微搖頭。

「沒有……沒事，什麼事都沒有。」

即使黑雪公主她們遲到幾分鐘，杉並戰區也有前日珥那些靠得住的團員們幫忙防守，所以不會有問題。Trilead寄來了回信，信上說【我明白了，這一刻終於要來了呢】所以就別在乎了吧。於是春雪關掉了神經連結裝置的全球網路連線。

＊＊＊

「……我說啊，黑雪。」

聽坐在身旁的仁子叫了自己一聲，黑雪公主從沉思中回過神來。

「幹嘛？」

「我想到一件事……只搭這班公車，會不會永遠也追不上春雪他們搭的公車，還有妳朋友搭的公車？」

「那當然了，因為這是自動駕駛的環狀路線公車。要是追過先行的班次，那根本是ＡＩ失控了。」

「我不是這個意思！我是說要是春雪他們搭的公車，在一進入港區第三的瞬間，領土戰爭就開始，那我們不就趕不上了！」

仁子小聲搶著說了這一串話，用指尖在黑雪公主左腳膝蓋上用力按壓。黑雪公主一邊用力按她紅色Ｔ恤的腹部側面回敬，一邊同樣輕聲回答：

「這我當然也知道！這澀谷戰區應該已經成了我們的領土，所以我是很想連上全球網路，把狀況告訴他們那邊的人，可是……假設我通知他們說我和仁子還是決定參加，叫他們等我們一下再開始，妳覺得那些傢伙會乖乖答應嗎？」

「………百分百不會。」

「沒錯吧？搞不好，甚至可能導致整個計畫終止。所以……」

「………所以？」

「我正在想該怎麼辦才好。」

仁子從座位上輕輕跌倒，然後用傻眼的表情看過來。

「聽妳說得一副跩樣，我還以為妳有什麼計謀咧。嗯嗯，就算現在才去攔計程車，司機應該也不肯開到夠追上前兩班公車的速度吧……」

她說得沒錯，在所有車輛都由ＡＩ控制的現在──二〇四七年，無論是自動駕駛車輛還是手動駕駛車輛，都無法開出超過規定時速的速度。如果是手動駕駛車輛，在緊急狀況下，可以透過司機的操作來暫停ＡＩ控制，但是無故做出這種事，不但會被罰款，還會遭到逮捕，而且無論如何拜託計程車司機，對方也不可能做出這種事。

但仁子說得沒錯，楓子等人在跨越戰區界線的瞬間就開始領土戰爭的可能性，絕對不是零。儘管實際上多半會留個幾分鐘的準備時間，但還是不知道黑雪公主她們搭乘的公車來不來得及追上。

最糟糕的情形，就是只有搭前一班公車的若宮惠趕上，黑雪公主與仁子則無法參戰。這樣一來，就根本不知道為什麼要追來，而且她有預感，要是這次沒能抓住與惠有關的線索，就會有某種事物決定性地毀滅。

「……情非得已啊……」

黑雪公主喃喃說完，啟動了計程車配車APP。

由於她並未將神經連結裝置連上全球網路，也就無法從大範圍內挑選符合自己期望的計程車公司與車種，但只要周圍有空車的計程車在行駛，就能夠用無線連線方式叫車。她只勾選了自動駕駛車輛的項目進行搜尋，幸運的是搜尋到了唯一一輛符合條件的車。她先將乘車地點指定在下一個公車站牌，下車地點則隨便在港區第三戰區找了個地方指定，然後對仁子小聲說：

「我們下一站就下車，改搭計程車。」

「這是無所謂啦……妳有什麼打算嗎？」

「我本來不太想用這招。」

「……我怎麼有非常不好的預感……」

仁子露出狐疑的表情，黑雪公主又在她側腹部上用力按了一次，讓她站起來，然後走向後車門。幾十秒後，公車才剛在專用停靠位停下，她就跳上步道，跑向正好停到公車後方的小型計程車。

她按下配車APP的認證按鍵，和仁子一起從自動打開的後車門上車。由於目的地已經指定，計程車立刻發車，車內響起了AI的合成語音。

「感謝您搭乘Smart Cap東京的自動駕駛計程車。為了各位旅客的安全與安心，請遵守以下重要注意事項……」

仁子在定型化的車內廣播中啐了一聲。

「竟然是完全無人車喔，這樣就不能請司機打開緊急模式飆車啦。」

「喂喂，別說這種危險的話。」

黑雪公主露出苦笑，但仁子說得沒錯，她們兩人搭上的計程車，是從一開始就並未配備人類用方向盤與踏板的完全自動駕駛車輛。前後座位全都是乘客用，儀表板部分也只裝設了大型的資訊面板。這樣一來，即使有被逮捕的覺悟，也的確無法動用緊急行駛模式。

但黑雪公主之所以特意搜尋完全自動駕駛車輛，是有理由的。她從制服口袋裡拿出一捲線捲式的XSB傳輸線，把一端插頭插上自己的神經連結裝置，然後探出上半身，將另一頭插進儀表板下半部的接孔。虛擬桌面上唯一的改變，就是右上方顯示有線充電的標誌。

這也難怪，這個插孔本來就是為了讓乘客為各種裝置充電而設，不可能進入車輛的系統。

——正常情形下不可能。

「喂喂，都什麼時候了才充電？」

黑雪公主對傻眼的仁子瞥了一眼，然後閉上眼睛，唸出了以往從不曾在別人面前用過的語音指令。

「『SSS指令（Triple S Order）』，發動！」

嗡一聲虛擬的震動聲中，視野正中央出現一個複雜的徽章。兩把劍縱向並列，兩種花斜向交錯，構成圓圈圍繞在外側。徽章迅速消失，取而代之浮現出來的，是計程車的系統控制視窗。

「已確認系統管理者登入。」

聽見AI語音，仁子「啥？」的一聲從椅背上跳起。

「現……現現現在是什麼情形？」

「晚點我再跟妳解釋。」

「現……現在就解釋！說管理者登入是怎麼……」

黑雪公主右手抓住探頭過來的紅之王額頭，把她推回去，開始操作視窗。

首先讓拍攝車內的攝影機停機，把從兩人上車前幾分鐘開始的錄影畫面刪除掉，在系統記錄中寫入車內攝影機故障的狀態。

接著進入車輛駕駛系統，下令在規定速度內，設法以最短時間抵達。

緊接著計程車就猛力變更到右車道，力道強得讓她們背貼到椅背上，加速到幾乎達到規定速度上限的時速八十公里。

「喔哇……這……這要不要緊啊？」

「抓緊，車子要加快了！」

黑雪公主剛對仁子這麼一吩咐，車子這次變換到左車道。計程車在三線道上穿針引線般的變換車道，持續在山手大道上疾駛。

仁子抓住車門內側的握把，讓姿勢穩定下來，從慌張的表情換回傻眼的表情後，用不輸給高亢馬達聲的音量大喊：

「受不了……妳到底是從哪裡學來了這種入侵技能啦！」

「以前的師父教了我很多事情。」

「妳說的師父……就是那傢伙？Graphite Edge？」

她默默點頭回答仁子的問題。

「矛盾存在」Graphite Edge不只教了她BRAIN BURST的知識，還教了她許多和全球網路有關的知識，這並非謊言。

但他在成了第一屆黑暗星雲瓦解原因的禁城攻略戰前夕，還另外給了黑雪公主一個神祕的程式。這就是這兩把劍與兩種花的徽章──「SSS指令」。

一發動這個指令，黑雪公主的神經連結裝置，就能對幾乎所有連上全球網路的系統行使管理者權限。甚至連經過國家最重要系統之一的居民基本名簿網路認證的名牌上所寫的姓名，都能夠改寫。ＳＳＳ指令無法介入的，就只有公共攝影機網路，以及BRAIN BURST的中央伺服器。

Graphite Edge為什麼會把這種不得了的玩意兒給了黑雪公主呢？黑雪公主在拿到的當時不懂。但等到軍團瓦解，被指定為懸賞犯，從港區搬到杉並區之後，她才覺得自己好像能夠體會。

想必Graphite Edge是預測到了未來，所以才給了黑雪公主這個讓她能以超頻連線者立場生存下去的手段。事實上，也正是因為有著ＳＳＳ指令，黑雪公主才能夠自由控制梅鄉國中內的校內網路，得以找出神出鬼沒的襲擊者Cyan Pile的真面目，得以查出在壁球遊戲打出驚人高分的玩家姓名，還得以設置讓楓子與謠用來連上梅鄉國中網路的遠端登入口。

但黑雪公主這些年來，除了防衛梅鄉國中校內網路這個目的之外——扣除試著改寫名牌上姓名的那次除外——一直極力避免使用ＳＳＳ指令。純粹覺得害怕固然也是理由之一，同時更是對Graphite Edge過度保護的作風覺得「你搞什麼鬼？」。

但現在，即使打破這個禁忌，應該是可以得到容許的吧。這是為了惠……也為了軍團的伙伴們。

「真是的……黑雪，妳這女人真的是個祕密多到掀也掀不完啊。」

聽到仁子這句評語……

「還好啦，妳就努力撳到最後試試看吧。」

黑雪公主這麼回答，然後正視前方。她在車陣的另一頭，瞥見了綠色的大型車輛——理應就是若宮惠所搭的環狀線公車。

＊＊＊

BRAIN BURST的戰區界線，當然在現實世界用肉眼是看不見的，但幾乎所有超頻連線者都會調整神經連結裝置的導航功能，在視野內以AR方式顯示出界線。

春雪也不例外，他在公車的大片前車窗外，清楚地看見亮著紅光的線條漸漸接近。明治大道與外苑西大道交叉的天現寺橋路口。一旦過了這個路口，公車就會開進港區第三戰區。

春雪一邊安撫正要加快脈動步調的心臟，一邊從椅背的縫隙間，對坐在後面的楓子問起：

「師父，請問領土戰爭要在哪個時間點開始？」

「我想想……」

楓子甩動輕柔飄逸的長髮輕輕歪頭，說了下去：

「在領土戰爭時，無論真身待在哪個地點，起始位置都會被分配到地圖東南西北之中一方的邊緣，所以要在跨越界線的那一瞬間開始也沒有問題，只是……讓我們這邊儘可能多感受一下這個區域的氣氛，也不會是白費工夫。那麼，反正機會難得，我們就先去到明治大道起點所在的古川橋路口再開始吧？」

「了解。」

春雪點點頭，再度望向前方。

幾十秒後，公車越過了只有春雪等人看得見的深紅色光條，開進了港區第三戰區。由於他們已經切斷了全球網路連線，並不會立刻就發生什麼事。但即使如此，春雪還是感受到一種彷彿連空氣的顏色與溫度都變了似的感覺，用力抓住座椅的坐墊。

一起搭上這班車的老婦人三人組，在下一站的光林寺前站牌下了車，所以待在這輛自動駕駛公車上的，就只剩下了進攻團隊的十四個人。

春雪與千百合前排坐著拓武與累，走道另一邊坐著Petit Paquet三人組與綸。後面一排座位上坐著楓子與謠，走道另一邊坐著晶。而最後排的長椅上，並排坐著前日珥的三獸士——Pard小姐、Cassis Mousse與Thistle Porcupine。

這兩位初次見面的人物，與他們在加速世界中的印象很搭調，Cassis是個高大而木訥的國中三年級生，Thistle則是個嬌小而動作靈活的國中一年級生。春雪忍不住發動一貫的怕生模式，沒能跟他們講上幾句話，但晶與謠她們似乎已經利用搭車時間，交換了很多情報。等作戰結束後，他們計畫回到杉並區舉辦慶功宴——會場當然就在有田家——所以到時候應該還有機會說話。

沒錯，這場即將開始的戰鬥，是春雪成了超頻連線者以來最艱鉅的任務，但絕對不是最終決戰。而是為了揭露加速研究社惡行，搶回仁子的強化外裝——以及解放Wolfram Cerberus，所必須踏出的第一步。

——Cerberus，你等著。我一定會把你從讓你受苦的「災禍」中解救出來。就像我成了Crhome Disaster時，有許多人救了我，這次換我來救你。

公車上聽見合成語音的車內廣播。

「下一站是古川橋，古川橋。要往白金高輪車站的旅客，請在本站下車。」

揚聲器一靜下來，坐在春雪後面一排的楓子就站起來，堅毅地大喊：

「所有人，準備連上全球網路！」

包括楓子在內的所有人，立刻伸手去摸神經連結裝置。

「連線完成後，立刻由我加速，對震盪宇宙展開領土戰爭。都來到這裡了，我只有一句話要跟大家說……我們要贏！」

「「喔喔！」」

所有人強而有力地應了一聲，楓子就再度坐回座位。春雪也把背牢牢靠上座椅，準備因應加速。

公車緩緩左轉，接近古川橋路口。開始傾斜的陽光，反射在聳立於正面的高層大樓無數窗戶上。

正後方再度傳來喊聲。

「開始倒數！五、四、三、二、一……連線！」

春雪用力按下了神經連結裝置的物理開關，視野中顯示連上全球網路的圖示開始閃爍的下一瞬間……

「『超頻連線』！」

先是楓子一聲喊，緊接著——

啪！一聲冰冷而清脆的加速聲響，從後追過了春雪，讓他飛向決定命運的戰場。

5

當對戰虛擬角色「Silver Crow」的雙腳碰上對戰空間的地面那一瞬間，春雪讓身體轉動一圈，查看四周狀況。

是夜晚。

墨色的天空中看不見一顆星星，卻有幾道探照燈似的光垂直上衝，照亮了厚重的雲層。這些光源所在的建築物群，全都有著藍黑色金屬光澤，牆上爬滿了像是巨大刀刃的裝飾。地面被形狀複雜的地磚覆蓋得密不透風，完全看不到植物。

「……魔……」

春雪正要開口，一陣極為吵鬧的引擎聲，以及更加吵鬧的叫聲，打斷了春雪要說的話。

「Hey Hey He——y！竟然是『魔都』，這可相當Good Choice啊！至少比起『沙漠』或『大海』已經是Giga Oking啦——！」

「老大，Oking是什麼的咧？」

「不會吧，這點英文連歐利我也懂啊！就是『ＯＫ』啊，老大！」

「哎呀，根本就直接ＯＫ的意思的咧！」

「…………………」

春雪不由得思考停滯了兩秒鐘左右，然後才連連搖頭，重新查看狀況。

空間屬性就如這位「老大」所說，是「魔都」。在正規對戰與領土戰爭中，都會是夜晚，建築物堅固得幾乎可以當作無法破壞，但並沒有毒液、蟲子、地洞之類棘手的機關存在。

現在位置在兩條寬廣道路交錯的路口正中央，春雪的前方聳立著彷彿要刺穿夜空的高層大廈，後方則有著本來多半是高架快速道路與鐵路的鋼鐵空中回廊並列。

四周存在的人影，就只有在稍遠處展開這段搞笑短劇風對話的三人組。黑暗星雲的領土進攻團隊應該總計有十八名，但視野內找不到其他團員。

該不會是因為震盪宇宙的防守團隊只有四個人，所以進攻團隊也被削減成同樣的人數……春雪想到這裡，隨即否定了這個想法。弱勢這種情形，會從等級高者優先被選拔，所以不可能跳過8級的楓子與Pard小姐，選上6級的春雪。視野上方的體力計量表區，只在左上顯示春雪等四人的部分，右上完全空白。

春雪走向三人組，想找他們商量這個難以理解的狀況。

「Ash兄，請問一下……」

春雪這麼一喊，跨坐在搶眼美式機車上的Ash Roller就用雙手的食指指向他大喊：

「Hey，終於要到Book Number啦，臭烏鴉！」

「B……Book Number？那是什麼？」

「喂喂我們認識這麼Long了，你應該要Understand啊！Book是『本』，Number是『番』，合起來就Of course是『本番』啊！」（註：日文中「本」是書本，「番」是番號，「本番」指重頭戲）

「……這絕對Wrong得離譜……——不對，現在不是講這些的時候了！怎麼好像只有我們四個人在，而且也看不到其他同伴和敵方的計量表，這會是什麼情形呢？」

換作是平常的模式，Ash會到這個時候才發現異狀，大聲嚷嚷「真的Really？」。但這次不一樣。他伸出食指轉啊轉的，骷髏面罩上露出得意的笑容。

「Crow，我看這是你的大規模領土戰爭First體驗吧？」

「那……那還用說。黑暗星雲以前的人數都只有個位數。」

「ＯＫＯＫ～小鳥，歐利，講解給這個初學者烏鴉聽。」

「了解的咧！」

Bush Utan很有精神地答應Ash的吩咐，用大猩猩似的右手，在大猩猩似的胸膛上用力一拍，走到春雪身前。

「這個啊，Crow兄，參加者合計二十人以上的大規模領土戰爭，規則有點不一樣的咧。起始布陣會拆成各三、四個人的小隊，我方和敵人的計量表，也都改成只會顯示出已經接近的人的哩。」

Utan說完，換站在身旁的Olive Glove，讓一身有著水潤光澤的濃綠色裝甲反射出大樓的光線，補充說明：

「可是不必慌張。雙方團隊分別配置在東西或南北端的情形還是一樣的，所以除了我們以外的人，應該也已經出現在這附近。只要朝中央移動，遲早就可以會合。」

「原……原來如此……Giga Thank你們的講解……」

春雪先朝他們一鞠躬，然後問出一件無論如何就是好奇的事。

「倒是Olive兄，之前遇到你的時候，你的第一人稱是歐雷（註：日文中的「俺」，是比較粗獷的自稱）吧……？什麼時候改成『歐利』了……？」

「歐啦啦，原來你發現啦？」

Olive在線條單純的橢圓形面罩上露出明快的笑容，點了點頭：

「該怎麼說，歐利比起老大跟小烏，特色不是很薄弱嗎？會被ISS套件侵蝕得比小烏還深，我想這可能就是理由。以後我打算讓自己愈來愈有特色！」

「原……原來如此……我懂了……」

春雪再度點頭，眼前算是將狀況掌握完畢，再度朝四周看了一圈。

聽他們一說才想起，記得作戰前的簡報中，就曾聽到「如果出現在和其他團員不一樣的地方，就一路占領路上看到的『據點』，一步步朝中央前進。」他本以為不會發生這種情形，但看來一開始得要由這四個人一起行動了。

「那，我們趕快移動吧，Ash兄。」

春雪說著就要踏出腳步，但Ash雙手抱胸，伸出食指左右搖了搖。

「別這麼急，Crow，你先Deep Breath一下試試看。」

「咦……好……好的……」

聽他用難得說對的英語吩咐，春雪也不敢說不要。他再度站直，挺直腰桿，和Utan與Glove一起攤開雙手，深深吸氣，再慢慢呼氣。其間Ash仍以鎮定的聲調說下去：

「……我和小烏還有歐利，全都被寄生ＩＳＳ套件，弄得Giga Terribel。可是，我們不惜轉投軍團也要參加這次任務，絕對不是只因為想對加速研究社那些傢伙來一場Revenge。」

「…………」

骷髏騎士正視繼續深呼吸的春雪，繼續這段獨白。

「我，就只是喜歡對戰。當然我也有很多目標……但比起為了什麼而打，只要一場一場的對戰打得火熱Heat，那就夠了。But要是讓研究社那些傢伙為所欲為，很快的就會再也沒辦法好好打一場對戰啦……如果你們黑暗星雲這些人為了保護我喜歡的東西而戰，我又怎麼可以袖手旁觀？所以我才會來到這裡。可是啊……」

Ash的下一句話，深深穿進春雪不知不覺間連深呼吸都忘了的胸中。

「我在這裡，也不打算跟自己妥協。不管發生什麼事，我都不打算把什麼仇啊恨的，帶進對戰裡面。我就只是要打得熱血沸騰……Are You Understand？」

「…………是，我非常明白了。」

春雪用力點點頭，回答說：

「重要的是，不要被我們和加速研究社之間的恩怨綁住，要在這個戰場上把自己的一切燃燒殆盡……不可以忘記這點，對吧？」

「Good Answer啊臭烏鴉！」

Ash縮回了食指，改為豎起大拇指，Utan與Olive也都用力握緊右拳。

沒錯，這既是重大的任務，同時也是BRAIN BURST的領土戰爭。既然如此，即使不能像Ash那樣純粹享受對戰樂趣，也只要腳踏實地，仔細看清楚四周，像平常那樣好好去打就行了。仔細想想，現在不就連他們自己是出現在港區第三戰區的哪裡，都還搞不清楚嗎？

「首先，我去弄清楚現在位置！」

春雪大喊一聲，跑向最靠近的高層大樓。大樓本身太堅固，無法輕易破壞，但圍繞大樓用地的鐵柵欄，應該就還有辦法。

「喝……呀！」

春雪以三連踢，踢倒了綿延十公尺以上的黑色鋼鐵柵欄，把必殺技計量表累積了三%左右，就張開背上的翅膀。接著猛力一跳，同時振動金屬翼片，一口氣上升到三十公尺左右的高度。

他一邊懸停，一邊往四周掃視一圈，看見高架快速道路與鐵路的另一側，有著寬廣的運河，更過去則有著想必是海洋的黝黑水面，更遠處則可以看見海埔新生地中聳立著有如魔王城堡一般的宮殿與大型的摩天輪，更有一座像是一整串巨槍的橋。

那塊海埔新生地是台場，橋是彩虹大橋。這也就表示，現在他們的所在地是港區第三戰區的東南端。

這時必殺技計量表即將耗盡，於是春雪開始滑翔下降。在即將下到地面之際用掉最後的一點推力，輕巧地下到地上，大喊：

「我知道了，這裡是天王洲島的北側一點的地方！」

春雪一邊在腦海中展開事先背起來的地圖，一邊指向西方。

「往這邊過去就是品川車站，再過去就是戰區正中央！」

「好啊！那我們『Rough Valley Rollers Plus 1』隊，作戰開始！」

Ash大聲催動引擎空轉，Utan與Olive也齊聲答應：「Roger！」

……咦，這個隊名已經確定了嗎？

春雪一邊這麼想，一邊也只能慢了半拍地喊出：「Roger！」

＊＊＊

小田切累／Magenta Scissor，並沒有領土戰爭的經驗。

她今天才首次參加所謂的軍團，說來也是當然，但為了不因為自己是初學者而扯大家後腿，她已經事先針對規則與各種技法做過紮實的預習。

所謂的領土戰爭，說穿了就是爭搶「據點（Foothold）」。

據點外觀像是飄在空中的金屬環，能夠為站在環內的對戰虛擬角色充填必殺技計量表。但要開啟充填功能，就必須先行「占領」，而要占領，就必須待在金屬環下方連續三十秒。

三十秒聽起來很短，實際上卻極為漫長，這是為累與Chocolate等人講解領土戰爭的Sky Raker等人說過的。的確，要在四周沒有任何障礙物的地方抵擋敵人的猛攻，還持續站立三十秒，光想像就覺得很辛苦。憑裝甲薄弱的Magenta Scissor，多半無法勝任占領的工作。

既然如此，累的工作，就是好好保護負責占領的虛擬角色。要做好這項工作，勢必得從開戰初期，就毫不吝惜地動用她平常極力避免使用的特殊能力。

——今天可要靠你了。

就在她心中暗自這麼說著，摸著配掛在兩邊腰間的一對大型小刀時……

「——果然這附近似乎沒有一個人在啊。」

高大的近戰型虛擬角色——Cyan Pile一邊說著這句話，一邊小跑步接近過來。在累身旁四處張望的嬌小防禦型虛擬角色Lime Bell，歪了歪那像是巫婆戴的尖帽回答：

「分散布陣好像散得挺開的啊。既然這樣，就按照計畫，就由我們三個朝中央前進吧。」

「嗯，也對。」

Pile點頭答應，接著累人也短短回了一句：「了解。」

他們三人出現的地點，就在港區第三戰區的東北部，百合海鷗線芝浦埠頭車站的附近。只要沿著眼前的道路往西行進一公里左右，就會碰上ＪＲ的鐵路，越過鐵路就是戰區正中央。相信敵人也差不多已經開始移動，所以他們非得在最重要的「要塞據點(Stronghold)」被敵人搶走之前，就先趕到中央不可。

他們排成由Cyan Pile帶頭的三角形隊形，開始在無人的幹線道路上奔跑。「魔都」陰暗、寧靜又清潔，所以是累喜歡的空間屬性之一，但鋪了地磚的堅硬地面，會讓腳步聲很響，說來也的確是個棘手的缺點。

聽著Pile踩得鏗鏘作響的腳步聲，以及Bell很有節奏感的規律腳步聲，累心中忽然湧起以往也曾數次感覺過的疑問，或者說是興趣，於是開口問起：

「我可以趁現在，先問個問題嗎？」

「請請請，問什麼都行！」

累朝身旁答得爽快的「時鐘魔女（Watch Witch）」看了一眼，問出一個直接的問題。

「妳跟Pile，在現實世界是不是在交往？」

這句話才一出口，跑在前面的Cyan Pile就腳下一個打滑，「喔哇哇哇哇」地猛力揮動雙手，好不容易才找回平衡；相對的，Bell則乍看之下若無其事地動著雙腳，沉吟著說：「竟然來這招～～～」

Bell先用她貓一般的鏡頭眼，一瞬間看了Pile的背影一眼，然後反問：

「Magenta姊為什麼這麼覺得？」

「呃……」

的確，為什麼會這麼覺得呢？她回溯自己的思路，回答：

「……看著現實世界的你們，隱約覺得……吧。還有，對戰虛擬角色的外型。」

「虛擬角色的外型？明明沒有任何共通點耶？」

「哎呀，有啊。」

累嘻嘻一笑，然後指了指裝備在Bell左手的手搖鈴。

「妳和Pile都一樣，不都有一隻手裝備了大型的強化外裝，輪廓也左右不對稱（Asymmetry）嗎？看起來就很搭呢。」

「竟……竟然來這招……」

Bell再度沉吟，輕輕搖響了先前似乎固定住的內側擊鎚。她一邊傾聽這尾音不絕的小小鈴聲，一邊以平靜的聲音喃喃說道：

「嗯~……說得正確一點，是曾經交往過，吧。可是……連這曾經，也不知道究竟是不是真的……因為我，都沒能好好看著小拓……」

Pile跑在前面的高大背影微微一晃，但他只默默動著雙腳奔跑。

「……記得你們和Crow，是兒時玩伴？」

這次的問題，讓Bell立刻點頭。

「嗯，沒錯。幾乎是從剛出生就認識了。」

「那，比我和Avo還長了……待在身邊這麼久，卻還有看不到的東西嗎……」

「這不是看交情多久，也不是看物理距離多近……最近我是這麼想。」

Bell抬頭看了看累，露出小小的，透出了些許哀戚神色的笑容。

「想說一直待在很近的地方，反而會覺得這是理所當然……也許就會搞不清楚自己擁有的東西，其實到底有多麼脆弱而寶貴。所以，我真的很感謝BRAIN BURST。因為這個遊戲把我和小拓、小春快要瓦解的圈子，再次接了起來。當然加速世界也可能不會永遠持續下去……要是黑雪公主學姊把遊戲破關，說不定就會結束；也說不定有一天我們會長大成人，再也不加速。可是，正因為是這樣，我才想好好保護現在這個地方的東西……保護黑暗星雲，很多的朋友，還有加速世界本身。我是這麼想的。」

這是累和Lime Bell——倉嶋千百合認識以來，聽她說過最長的一番話，而她的意志深深透進累的心裡。

累曾經試圖利用ＩＳＳ套件，破壞加速世界既有的秩序。但她之所以這麼做，起初的希望也是想保護。她想保護像Avocado Avoider這樣，就只是被人壓榨點數而消失的弱小超頻連線者。她想改變世界，讓那些生來沒有帥氣外表、強力招式或強化外裝的人們，也能堂堂正正活下去。就是因為有這樣的想法，累才會尋求強大的力量。

但她的行為，犯了雙重的過錯。

ＩＳＳ套件並不是那種能矯正對戰虛擬角色強弱差距的東西，而是一種會對包括累在內的裝備者精神進行汙染，無限自我繁殖的邪惡寄生生物。

至於另一個過錯就更大了……累長年來甚至從未懷疑過，自己盲目試圖矯正的差距與不公平，是否真正存在於加速世界之中。

她之所以能察覺到這一點，是因為在無限制中立空間，和Black Lotus與Silver Crow交手過——更重要的是，因為看了Chocolat Puppeteer和Avocado Avoider的對戰。

Avocado對戰時的表現，遠比累意料中更勇敢、更頑強，更了不起。對戰本身雖然被叫停的累判定為Avocado技術性KO，但要是讓他們繼續打下去，說不定真能有個萬一，反敗為勝。

沒錯……認定Avocado Avoider是個只能遭人壓榨的弱者的，就是累自己。Avocado有他自己的堅強、自尊，以及潛在能力。雖說事到如今，她已經無法天真得相信「同等級同潛能原則」，但既然Avocado Avoider有著想變強的意志……而除了累以外，也還有許多伙伴能鍛鍊、引導Avocado，和他一起歡笑，並肩作戰，那麼也許有一天，他將能夠打贏Chocolat、打贏Silver Crow，又或者是能夠打贏累。唯有這個可能性，是累或其他任何人，都無法否定的，而且既然有這個可能性存在，累這次就得保護這個自己曾經想毀掉的世界。

「……也對……我也有個夢想，不，是有了個夢想。」

累這麼一說，Lime Bell就將一對大大的鏡頭眼朝她直視過來。累承接她強而有力的視線，說道：

「我要去找世田谷戰區那些被我害得下場悽慘的超頻連線者……Melon Splitter、Terracotta Bowl、Mud Halibut、Hay Psychidae、Honey Bee、Butter Bar、Almond Urchin、Taupe Mole、Pimento Ant、Pewter Guppy、Corn Cone、Meadow Sheep，以及Avocado Avoider，一一對他們好好道歉，如果能夠得到他們的原諒……這次，我想為了找出快樂的事情，和他們一起並肩作戰。」

「好主意！」

Lime Bell立刻回答，露出大而開朗的笑容說：

「把他們也邀進團來，然後把世田谷從第二到第四戰區都一口氣占下來，做出領土宣言就好了。雖然也許長城會來攻打，不過我們也會好好幫忙防守的！」

「到時候，就拜託了。」

累聽著Bell說得天真的未來藍圖，苦笑之餘點了點頭。她一開始問的問題已經不知道跑哪兒去了，但繼續追問下去就太焚琴煮鶴了，現在就先當作是這麼回事吧。

跑在前面的Cyan Pile背影中，透出了一種像是鬆了一口氣的感覺，這讓累覺得有些滑稽，再度露出微笑。不知不覺間，南北縱貫對戰空間的鋼鐵軌道群，已經出現在前方。

＊＊＊

「……我說啊卡西，大規模領土戰爭的分散開戰，分組不是隨機的嗎？」

「三獸士」Thistle Porcupine的問題，由Cassis Moose搖動巨大的角回答：

「不對，我記得不是完全隨機。會根據過往的對戰履歷、以及現實世界所在地等因素加權，然後進行分組……記得應該是如此。」

「啊～原來如此啊。既然是這樣，我們會分在同一組也就有道理了。」

Thistle讓夜風吹動背上的毛皮點了點頭，美早把視線從她身上移開，抬頭看了看「魔都」昏暗的天空。

對美早而言，兩軍參加者超過二十人的大規模領土戰爭，已經是久違的經驗。仔細想想，也許從當年仍由初代紅之王所率領的日珥當中打過兩三場後，就不曾再打過了。儘管事先預測到系統會將雙方人馬拆成小組，但沒料到距離會遠得即使憑Blood Leopard強化過的視覺，也無法發現其他伙伴。

「Pard，要怎麼辦？去找同伴，還是往中央去？」

被Thistle問起，她想了一秒後做出決定。

「中央。我想比敵方先掌握住要塞。」

「好，K！」

「了解。」

Thistle與Cassis同時回答，三人從高架快速道路底下穿過，開始往西奔跑。

雖說魔都空間中可以破壞的物件很少，但對高等級玩家而言就未必如此。寬廣的道路兩旁有著成排的石柱與鐵柵欄，美早用雙手尖銳的爪子，Cassis用起重機似的巨大雙角，Thistle用縮起身體的高速旋轉衝撞，各自把沿途的這些物件全部粉碎。

三人的必殺技計量表累積到一定程度後，同時呼喊：

「『變形（Shape Change）』！」

三個虛擬角色籠罩在光芒中，美早變成強健的豹，Cassis變成雄壯的駝鹿，而Thistle則變成敏捷的豪豬。三隻野獸以比先前增加三成的速度，飛馳在深夜的道路上。

這場領土戰爭裡，美早等人定位上固然算是幫手，但絕非事不關己的顧問。要說到與白之團，不，是與加速研究社之間的過節，美早比起黑之王是有過之而無不及。

二十天前的中城大樓攻略作戰中，美早誓言永遠保護的仁子——紅之王Scarlet Rain，就在眼前被Black Vice綁走，儘管追上去闖進了研究社的大本營，卻未能破壞Vice的遠距離心念「八面隔絕（Octohedral Isolation）」，紅之王的強化外裝「無敵號（Invincible）」足足有四個零件奪走，乃是她的奇恥大辱。

後來雖然靠著Silver Crow的大力協助，搶回了三個零件，但背部推進器仍然掌握在敵人手上。而且這推進器還被他們把透過ＩＳＳ套件累積起來的大量負面心念灌注進去，變質為「災禍之鎧MarkⅡ」，白之王White Cosmos甚至將之形容為「寶貴的希望」。

今天，一定要搶回來，還要把加速研究社與白之王的圖謀咬得粉碎。

「……咕嚕！」

美早不知不覺間從喉頭發出猛獸的低吼，更加強而有力地蹬向地面。

＊＊＊

「嗚哇哇～好黑喔～好硬喔～好可怕喔～」

結芽——Plum Flipper一邊軟綿綿地搥打黝黑的鐵柱，一邊說著喪氣話，聖實——Mint Mitten就從背後傻眼地說道：

「我說妳喔，很黑的屬性也不止這個吧。而且這柱子看起來就那麼硬，我們哪有可能打得壞啦。」

「可是～必殺技計量表空著，人家就會不安嘛。」

「結芽，不，我是說Plum，所以我才會從平常就叫妳也多練練格鬥技啊。射梅干籽也是沒什麼不好啦，可是對戰最基本還是要靠拳打腳踢……」

「才不是梅干籽！是Plum Seed！」

「妳根本就只是換成英文吧！」

再默默聽下去，不知道會吵到什麼時候，志帆子只好嘆著氣插了嘴：

「好啦，妳們兩個，我們差不多該移動了。」

「咦……不等Crow他們嗎，Choco？」

聽聖實這麼說，她以要揮開心中迷惘與恐懼的力道點點頭。

「是啊。我想，我們出現的位置，多半離對戰空間中央最近……既然這樣，這就是比敵人先搶下要塞據點的好機會！」

「話……話是這麼說沒錯啦，但說不定碰上敵人時，就只有我們幾個……」

這次換結芽說出不安的心聲，但志帆子立刻斷定：

「到時候再說！要是從開打前就自己嚇自己，本來打得贏的仗也會打不贏！」

「這丫頭，昨天單打對戰打贏了，就囂張起來了吶。」

聖實還在嘀咕，但隨即用帶著大手套的雙手互擊，點了點頭。

「不過也是啦，說機會也的確是機會。結芽，港區第三戰區的正中央，就在這前面不遠的地方，沒錯吧？」

「大概吧。我想應該就在那棟車站大樓過去一點。」

結芽以符合遠距型特色的纖細右手，指了指聳立在南側的一棟黑黝黝的大樓。

她們三人出現的地點，是在配合二〇二〇年東京奧運而開業的山手線高輪站月台。當然建築物本身是配合魔都的意象而變成黑色科幻風格，但鋪了地磚的月台底下，有著銀色的鐵軌反射出蒼白的光。

三人相視點頭，跳下月台後，蹦蹦跳跳地越過刀刃般尖銳的鐵軌，來到與鐵軌並行的第一京濱道路上。

單向三線道的寬廣國道另一頭，也有著大型高樓林立，而在這些大樓後頭可以看見一團微微搖曳的藍光。那團光多半就是——

「要塞據點……吧。很近啊。」

聖實輕聲說完，志帆子與結芽也默默點頭。

目前周圍沒有其他超頻連線者在場的跡象，視野右上方也並未顯示敵方的體力計量表。

「……好～就由我們先去占領要塞，守到Crow他們追上為止。」

志帆子以壓低的聲音指揮兩人，再度開始奔跑。

Chocolat Puppeteer5級，Mint與Plum 4級，恐怕是這個戰場上戰力最低的一組人馬，但只要能夠占領要塞據點，她不認為她們會輕易落敗。

既然據點能夠持續充填必殺技計量表，照理說也就能夠無限創造出巧克力製的自動戰鬥人偶「巧克人（ChoPet）」。再加上聖實的接近戰與結芽的遠程攻擊，理應能夠架設出無法輕易攻破的防禦陣地。

但相反的，要是據點先被敵方占領，只憑她們三人接近，就是自殺行為。到時候也就只能乖乖撤退，等待同伴抵達。

也就是說，她們必須儘可能迅速，並儘可能安靜地抵達。

三人儘可能壓低踩上堅硬地面的腳步聲，穿越了國道，從大樓與大樓之間繼續往西穿梭。很快的，去路上就漸漸能夠看見一片茂密的森林。這些樹木也有著金屬光澤，枝葉就像武器一樣尖銳。

就在這森林的中央，聳立著一棟邪教神殿般陰森的建築物。像是由無數巨人的劍排成的牆壁與屋頂，到處都架起藍色的營火不祥地搖曳。四周也排列出無數尖銳鐵柱，威嚇著入侵者。如果換成是其他遊戲，氣氛會讓人覺得這裡是頭目級怪獸的居所。

「……不知道那棟建築物，在現實世界是什麼……？」

聖實這麼一說，博學的結芽就回答：

「大概是泉岳寺吧……有赤穗浪士墳墓的那裡……」

「嗚嗯，要是吉良上野介的鬼魂跑出來該怎麼辦？」

「我說妳喔，他是被赤穗浪士誅殺的人啦。」

要是放著不管，她們又會開始平常的那種一搭一唱，於是志帆子清了清嗓子打斷她們，說道：

「現在敵人可比鬼要可怕啊。妳們有沒有感覺到敵人存在？」

「目前沒有。」

「應該沒事。」

聽到兩人的回答，志帆子點頭回道：

「那我們走吧。」

一邊從道路踏入森林，一邊瞥向視野上方的倒數讀秒，發現時間很快地已經過了三分鐘。港區第三戰區東西向約有三公里長，也就是說從地圖邊緣到這泉岳寺，約有一點五公里。如果一路占據途中的據點前進，那麼不管動作多快，應該都得花上四五分鐘。除非有其他小組像志帆子她們這樣，因為某種巧合而被配置在中央附近，否則應該有時間去占領據點。

她們在金屬物件般的樹林下小跑步行進，很快地穿出樹林，視野變得開闊。

陰森的神殿前方，有個邊長約三十公尺的正方形廣場，正中央有個同樣是方形的祭壇。這個比地面高了五十公分左右的祭壇上，有著刻有複雜紋路的金屬環飄浮在正中央。這種一邊發出低沉震動聲與藍色燐光，一邊慢慢旋轉的金屬環，正是領土戰空間裡，只有正中央設有唯一一處的「要塞據點」。據點內還沒有人。

「漂亮，我們最先來！」

聖實小聲歡呼，就要衝上去，志帆子反射性地就想拉住她，但又打消主意，自己也跑出了森林。在這種狀況下，不太可能有敵人埋伏。若是敵人先抵達，應該無論如何都會試圖占領據點才對。

她跟著衝刺的聖實穿過廣場，來到祭壇。三人迅速相視點頭，同時跳上祭壇，踏進了畫在金屬環正下方的魔法陣狀圖樣。

緊接著，金屬環光芒更增，轉速也變快，而且環的周圍還顯示出三個數位讀秒，顯示【30】的數字。這些數字開始在嗶嗶聲中，每一秒都在減少。一旦數字歸零，就完成了占領。

「快點，快點！」

聖實抬頭看著數字踱步，這次志帆子毫不客氣地抓住她的頭，用力轉向前方。

「就是因為在數才會覺得慢！還不如警戒四周！」

「知道了啦。」

聖實點點頭，望向廣場西側。東邊已經有結芽在警戒，所以志帆子注視南方。北邊是無法破壞的神殿，所以不用擔心從這個方向遭到攻擊。

眼睛雖然警戒著四周，但還是忍不住配合嗶嗶作響的音效，在心中默數讀秒。二十三……二十二……二十……

就如Sky Raker在事前講解中所說，短短的三十秒漫長得不像真的。她困在一種彷彿隨時都會有敵方集團，從南邊入口或東西兩側森林現身的預感，呼吸變得很淺。十五……十四……十三……

——也許還是應該照結芽說的，先累積必殺技計量表才對。但要是剛才這麼做，就會晚兩分鐘來到這裡……

就在她一邊想著這樣的念頭，一邊正要數到終於只剩個位數的數字時……

志帆子察覺到不知不覺間，腳下已經被一種白色的霧氣吞沒。

聖實與結芽也同時低頭看了看地面，「這搞什麼？」「是霧……？」兩人出聲驚呼。然而魔都空間中並沒有這樣的地形效果。霧氣從三人的背後湧來，流往南方。

三人對看一眼，慢慢轉向北方。

結果發現本來是泉岳寺正堂的漆黑神殿，不知不覺間已經被純白的冰霜覆蓋住。霧氣流過整個神殿，沿著地面前進。也就是說，這並非只是霧氣，而是寒氣。鋼鐵的神殿已經完全結冰了。

倒數讀秒歸零，頭上的金屬環發出格外強烈的光芒。

以及地面劇烈震動，整個神殿竄出密密麻麻的細小裂痕，幾乎是在同時。

緊接著，本以為無法破壞的鋼鐵神殿，化為無數碎片瓦解了。轟隆巨響再度撼動地面，讓看得啞口無言的三人腳步踉蹌。志帆子和她們手牽著手，驚險地避免跌倒，而等她注意到這個物體時，已經用力握住了聖實與結芽的手。

瓦解的神殿後，有人……不，是有東西站著。

怎麼看都不覺得是對戰虛擬角色。原因很簡單，因為實在太巨大了。

身高，不，應該說體高接近三公尺，全長多半更是加倍。極端前傾的體型更接近野獸而不是人類，圓木般的雙手接地。頭部完全是肉食獸的形狀，雙肩與額頭合計有四根衝天長角，而且臀部還有長長的尾巴延伸出來。

包住全身的重裝甲就像冰一樣蒼白，長著牙齒的嘴有寒氣化為白霧洩出。想來就是那隻野獸讓神殿完全結冰，然後用身體衝撞而造成倒塌。

「……是……是公敵……嗎……？」

結芽以沙啞的聲音開口，聖實微微搖頭。

「不可能吧……要知道，這裡是領土戰爭空間耶……」

「可是，怎麼可能會有那麼大的對戰虛擬角色……」

結芽這句話，讓聖實也無法進一步反駁。志帆子雖然覺得不可能，但也說不出話來。

就志帆子所知，單體最大的虛擬角色，是昨天才剛打過的Avocado Avoider，但他的身高也只有兩公尺半。相較之下，這隻白色巨獸要是站立起來，多半會有五公尺高。這樣的體型直逼野獸級（Wild），不，是直逼巨獸級（Beast）。如果真的是巨獸級公敵，等級4、4、5的三個人，想必一擊就會被擊潰。

但就在這個時候——

白色野獸的雙眼發出淡藍色的光芒，同時志帆子的視野右上方，顯示出一條新的體力計量表。

體力是不用說，連必殺技都全滿的計量表下方，一排單純的字體發出雪白的光芒。【Glacier Behemoth】。旁邊則是——【Lv8】。

「——那是敵人的超頻連線者！Plum、Mint，準備應戰！」

志帆子一喊，聖實與結芽也立刻擺好架式。但兩人的雙腳都在頻頻發抖。這也怪不得她們。8級這樣的等級，就是當今加速世界中實質上的最高等級。對三人而言，這種對手與大型公敵也差不了多少。不，考慮到即使逃跑也沒無法把敵人拖出這個據點，威脅性或許比公敵還高。

然而，若是要在這裡白白把剛占領的據點奉送給敵人，那當初又何必志願擔任領土戰爭的團員……不，是何必要加入黑暗星雲。即使打不贏，至少也要爭取時間，等其他同伴趕上。

她還查看了一下己方三人的計量表。儘管透過據點金屬環的效果，讓三人的必殺技計量表正緩緩增加，但離集滿還很遙遠。相較之下，敵方的計量表則因為破壞了整座神殿所以已經集滿。與其等集氣而被對方以必殺技先發制人，還不如主動攻擊——

志帆子瞬間想到這裡，深深吸一口氣，準備叫出「巧克人」。

但她尚未喊出招式名稱，白色的巨獸就高高躍起。

巨獸以令人感覺不出重量的強有力動作，越過大堆斷垣殘壁，就在志帆子等人座鎮的據點北側著地，同時動起了巨龍般的嘴。

「哎呀呀……幾位小姐是生面孔啊。」

「「說……說話了！」」

聖實與結芽同時呼喊，巨獸虛擬角色那長著小刀般利牙的嘴就浮現出像是苦笑的表情。

「不不不，我當然會說話了。還沒打過招呼呢。我是震盪宇宙旗下，『七矮星』的『Glacier Behemoth』……別名『噴嚏精（Sneezy）』，又叫『哈巴谷（Habakkuk）』。見過各位小姐了。」

「「Seve……」」

聖實與結芽正要再度喊叫，志帆子立刻用雙手食指的第二指節用力頂在她們背上轉，讓她們閉上嘴後，回應對方的招呼：

「可……可真要謝謝你這麼有禮貌。我叫作Chocolat Puppeteer。這位是Mint Mitten，這位是Plum Flipper。以後請多指教了。」

儘管生硬之餘仍勉強擠出了像樣的聲音，但志帆子內心其實和她們兩人一樣，滿心只想哀嚎。

Glacier Behemoth。這個名字，確實寫在黑雪公主發給他們的震盪宇宙團員名單之中。而且不是尋常團員，還是幹部集團「七矮星」之一。既然是白之團的幹部，認為此人在寥寥無幾的8級玩家之中更是最強的幾個，應該是錯不了的。

自稱是Glacier Behemoth的超頻連線者，從高處俯視拚了命留在原地不逃走的三人，鏡頭眼發出蒼白的光芒。

「唔唔……這幾個名字倒是有聽過。記得是世田谷方面一個小規模軍團的各位？軍團名稱……是叫作Petit Pocket嗎……？」

「是Petie Paquet！」

志帆子忍不住出聲訂正，巨獸聽了後點點頭。

「沒錯沒錯，的確是這樣。那麼這Petit Paquet的各位，又為什麼會出現在這種地方？」

「那還用說！」

這次換聖實大喊，但志帆子再度以指節按壓她的腹部側面旋轉，讓她閉嘴。

——這個人知道Petit Paquet的團名，卻不知道我們已經轉投黑暗星雲！

既然如此，這時就應該讓對方誤會下去。她深深吸一口氣，堅毅地回答：

「是啊，想也知道！我們也不能一直都當無根軍團，所以決定先找最強軍團試試我們的本領，在正式打進領土戰爭之前壯壯聲勢！」

聽了這番話，Behemoth雖然懷疑地瞇起眼睛，但仍再度輕輕點頭。

「哦哦？可真有上進心，但坦白說這是找麻煩。我們現在正進行一項很重要的作戰……不過也罷，這件事就別提了。既然是這樣……」

Behemoth嘀咕了幾句後，仰望夜空。

「——『冷凍光線(Congeal Ray)』。」

突然喊出招式名稱過後，從Behemoth額頭長出的兩根犄角當中，左側犄角發出了藍色的光芒，讓志帆子等人全身一僵，但這道淡藍色的光線是往正上方發射，穿破了遙遠上空的雲層，照得該處反射出藍光幾秒鐘後就消失了。

「……那是在做什麼？」

聖實悄聲問起，結芽回答：

「多半是對同夥打信號。就不知道是叫人來這裡，還是……」

如果是召集同夥，那麼志帆子等人的性命就有如風中殘燭。

但Behemoth將臉轉回來後，先一副沒轍的模樣搖搖頭，然後以仍然和外表不符合的溫和口氣說：

「那麼我就奉陪各位過個幾招吧。這麼說是有點自稱自讚，但有機會和平常不會參加防衛戰的『七矮星』打，是非常寶貴的經驗。還請各位務必好好吸收，作為今後成長的基石。」

「——那可真要謝謝你……了！」

志帆子大喊的同時，雙手朝正後方伸出。

必殺技計量表已經在談話期間充填完畢，她就把這些全部用掉——

「『可可湧泉（Cocoa Fountain）』！」

雖然志帆子看不見，但在要塞據點後方，應該已經出現一個最大規模的巧克力池。然而既然這麼暗，從Behemoth的位置，應該也會被地面顏色干擾而忽略巧克力池。但話說回來，巧克力池終究只是前提招式，在空了的必殺技計量表再度集滿之前，就非得靠聖實與結芽努力挺住不可。

看到志帆子的動作，聖實與結芽也展開行動。

首先結芽伸出左手，從她左手腕的球狀裝甲，又彈出了兩個小球。這兩個以Y字狀曲柄和手腕相連的物體，就是Plum Flipper的主武器彈弓。她以右手拉緊連接兩個小球的橡皮，彈座（Holder）部分就發出一層紅紫色的光芒。

「『氰化氫彈（Cyanide Shot）』！」

結芽在喊出招式名稱的同時，射出了光彈。公敵級的巨大身軀就在短短十公尺外靜止不動，光彈自然不會射偏，命中了左肩的裝甲。結芽並不就此住手，而是連續呼喊同一個招式名稱，持續發射光彈。

在她身旁的聖實則用力握緊裝備了大型手套的右手，舉起籠罩著薄荷藍光芒的拳頭，喊出招式名稱：

「『薄荷醇拳（Menthol Blow）』！」

從沉腰架式打出空拳的右手，發出通透的薄荷色拳形鬥氣，同樣命中了Behemoth。同色的光芒籠罩住他巨大的身軀。

Glacier Behemoth不格不避，讓兩人的必殺技在自己身上完全打個正著，但體力計量表幾乎沒有減損。但這也在意料之中。因為她們兩人所用的並不是以造成損傷為目的的物理攻擊招式，而是使上了弱化敵人的纏字訣（Debuff）。

結芽的光彈在蒼白裝甲上打出的五個彈痕，開始冒出淡藍色的煙。「氰化氫彈」是讓打進敵人裝甲上的子彈——聖實所說的梅干籽——發生氰化氫毒氣，造成持續性的毒傷害；而聖實的「薄荷醇拳」則是製造強烈涼感的錯覺來定住敵人的動作。

Behemoth被毒氣籠罩住，體力計量表開始漸漸減少。但巨獸絲毫不慌不忙，以從容不迫的口氣說：

「哦哦？施展Debuff而不是用單純的傷害技能，的確是相當不錯的判斷。而且用的還是不必貫穿裝甲的毒氣攻擊，就更是聰明了。可是……」

巨獸轉動長著巨大雙角的頭，瞪向聖實。

「這女孩的寒氣，不，應該說是涼感攻擊？不管怎麼說，這可不太聰明。不管是從名稱還是外表，應該都明顯看得出我是冰系的對戰虛擬角色吧？就憑這點涼感，對我來說就像清風拂體……」

說著舉起雄健的右前腳，重重踏出一步。距離剩下八公尺。

聖實被敵人批評卻不氣餒，反唇相譏：

「哼，剛才只是牛刀小試！你就試試看挨了這招還能不能動！」

這次她握住左拳，擺好架式。

「——『冰素猛擊（Icilin Strike）』！」

剩下足足七成的必殺技計量表全部消失，取而代之的是一陣遠比先前更為強烈的光芒，籠罩住了拳頭。

把薄荷葉中所含的薄荷醇塗在皮膚上，就會覺得冰涼，並不是因為實際溫度下降，而是皮膚表面的冷感受器受到刺激。人類已經發現一千種以上有著同類作用的涼感物質，而其中最強的就是稱為「冰素（Icilin）」的化合物，有著高達薄荷醇兩百倍的涼感作用。以前志帆子挨到聖實冠上這個名稱的4級必殺技時，就因為太過冰冷，全身發抖，完全不能動彈。

從聖實的左手發出的這光看就覺得非常冰冷的幻影拳頭，Behemoth用厚實的胸部裝甲去承接。

一籠罩在這鑽石塵般的無數細小光底中，巨大的身軀就突然一抖。

「喔……哦哦？這可真……有點冷啊。」

就連Behemoth，對冰素的涼感似乎也不能只當清風拂體，說話聲音也變得斷斷續續。但問題是在於聖實的涼感攻擊，並沒有實質的攻擊力。即使用寒冷定住敵人，若無法趁機進攻就沒有意義。結芽的毒氣攻擊固然有效，但也不知道是對方原本的防禦力高還是體力值高，計量表減損的程度還不到五%。

「好……來吧！」

聖實鼓舞自己似的呼喊，從據點環跳了出去。

聖實果敢地對8級的對手展開接近戰，而結芽也為了掩護她，拿起彈弓連射。另一頭的志帆子也用掉重新充填到一半的必殺技計量表，走了下一步棋。

「——『創造傀儡（Puppet Make）』！」

噗通幾聲響中，從祭壇後方的巧克力池裡接連跳出來的，就是她期盼已久的「巧克人」。這一口氣出現四隻的巧克力製自動戰鬥人偶，從左右追過志帆子與結芽，撲向Behemoth。

「巧克人，支援Mint！」

巧克人在志帆子的指揮下兵分兩路，從側面攻擊Behemoth巨大的身軀。聖實則走中路，接連使出在道場練出的拳擊與腳踢。

看來就連8級玩家，也不想不閃不格地硬吃這多重攻擊，用長了凶惡鉤爪的雙手想把聖實掃開，但冰素的寒氣與瞄準顏面攻擊的彈弓攻擊，以及從左右刁鑽地動個不停的巧克人，讓他無法好好瞄準目標。聖實身手敏捷，以舞蹈般的動作一邊閃避Behemoth的攻擊，一邊精確地予以反擊。

志帆子自己也屬於近戰型，所以滿心想衝上去參加攻擊，但現在應該要將占領據點的好處發揮到極限。只要能夠再叫出四隻巧克人，相信也就會漸漸產生以消耗戰打倒這個超強敵的勝算。

聖實拚命累積打擊，好不容易把對方的體力削減了一成左右，就在這時──

「……哎呀呀，這可了不得……還真不能以為各位是弱小軍團呢。進戰、遠攻、間接，隊形相當平衡呢。」

Behemoth一邊舉起左手，不讓結芽的彈弓攻擊射中顏面，一邊說出這樣的話。聖實立刻回答：

「嘿，還早呢！我會讓你再挨一發冰素，讓你再也講不出大話！」

Glacier Behemoth迅速退後，俯視舉起左拳的聖實。

接著以令人覺得彷彿溫度微微下降的聲調宣告：

「不不不，資料我已經收集夠了。而且再玩下去，就會被我的同伴罵。我差不多要結束這場打鬥了。」

接著蒼白的巨獸讓厚實的胸部漲起，深深吸一口氣，朝眼前的地面吹了出去。

當志帆子注意到他呼出的氣息，包含了比聖實的「冰素猛擊」濃密許多倍的鑽石塵時，已經大喊出聲：

「Mint！巧克人！快退……」

然而還是來不及。

被氣息拂過的地面，發出破裂似的聲響，結起純白的冰。凍結區轉眼間不斷擴大，吞沒了四隻巧克人與聖實的腳，還在繼續擴大。

「巧克，妳快逃！」

身旁的結芽大喊，猛力將志帆子往後方一推。下一瞬間，純白的寒氣淹沒到了據點環，連結芽也被定住。

「嗚……！」

志帆子咬緊牙關，反覆後滾翻逃向祭壇南側。但她卻在那兒，被自己創造出來的巧克力池絆住，當場摔倒。儘管趕緊站起，但已經被寒氣追上，雙腳連著巧克力池一起結冰。

寒氣總算停止擴大，但白色的凍結區直徑足足達到二十公尺。志帆子與結芽只是雙腳被凍結，但站在Behemoth身前的聖實，則直到胸口都被白色冰霜覆蓋住，四隻巧克人更是全身都完全凍結。

這種凍結攻擊的威力極為驚人，但問題是在於Glacier Behemoth單純只是呼出一口氣，既未喊出招式名稱，也並未消耗必殺技計量表。也就是說，這是……

「心……心念……？」

志帆子以沙啞的嗓音驚呼，遠處的Behemoth就聳了聳長了犄角的雙肩。

「哎呀哎呀，冤枉啊。『七矮星』當中最紳士的我，怎麼會在領土戰爭……況且還是對妳們幾位嬌滴滴的女性型角色動用心念呢？這是常態發動特殊能力，叫作『冰獄的嘆息』。至少還請記住這一點啊。」

冰的巨獸這麼宣告完，就露出利牙微微一笑。

「那麼那麼……Petit Paquet的各位，Nice Fight。」

巨大的身軀往右一彎曲——

緊接著就以強烈的力道，往反方向旋轉。蓄積的力道毫不保留地傳遞到長尾巴上，呼嘯生風地往周圍掃過，先將四隻結冰的巧克人粉碎成焦褐色的碎片，再繼續直逼動彈不得的聖實而來。

「敏敏——！」

聖實似乎聽見志帆子下意識中叫出她綽號的呼聲，強行舉起結冰的雙手，擺出防禦架式。

下一瞬間，聖實被尾巴打了個正著，整個人被從地面掀起，以強烈的勢頭飛起，就這麼重重撞上站在據點環內的結芽，但勢頭依然不停，兩個人的身體交纏在一起，一路飛向志帆子。

志帆子的雙腳已經連著巧克力池一起結冰，既不可能閃避，而她也不打算閃避。她張開雙手想接住兩人，但一陣幾乎把意識從虛擬身體中撞出去的強烈衝擊，讓她的腳被從巧克力池中剝離，整個背部重重摔在地上。

「嗚…………」

志帆子呻吟著勉力站起，剛查看到兩人的情形，立刻倒抽一口氣。

聖實似乎暫時失去了意識，所受的損傷極為嚴重。她格擋尾巴攻擊的雙手裝甲已經完全被破壞，露出了灰色的虛擬人體，胸部與頭部的裝甲也滿是悽慘的裂痕。

結芽的損傷要淺一些，但承受聖實撞擊的胸部裝甲上有著很深的裂痕，固定在左手的彈弓也連根被折斷。

剩下的體力計量表，是志帆子七成、結芽四成，聖實一成——

Glacier Behemoth只是尾巴一掃，也就是說只是一次普通攻擊，就完全破壞四隻巧克人，還對分別是4級與5級的三名超頻連線者造成重大損傷，他卻似乎對這樣的結果不滿意，緩緩起身說道：

「哎呀哎呀，我本來打算用打撞球的要領，一招連環解決妳們三位……是各位小姐的防守似乎意外地高竿嗎？非常對不起，我下一招就會確實了結妳們，還請各位留在原地不要動。」

Behemoth以始終殷勤的口吻做出處決宣告後，低頭用額頭上的巨大犄角瞄準她們三人。

多半是打算用先前拿來對同伴打信號的光線攻擊，來給她們最後一擊吧。聖實與結芽的意識尚未恢復，所以非得由志帆子帶她們兩人退避不可。然而或許是因為受到了一口氣讓體力計量表減少足足三成的損傷，虛擬身體不聽使喚。她左手抱聖實，右手抱結芽，試著站起，雙腳卻只頻頻發抖。

Behemoth的犄角開始籠罩著一層蒼白的燐光。巨龍般的嘴動了動，心平氣和地唸出招式名稱：

「『冷凍光線』。」

巨獸頭部長出的其中一隻犄角，產生十字狀的光芒，蒼白的光線朝三人迸射而出——唰。

隨著這麼一聲響，有人從空中猛然下降，攔在志帆子與Behemoth之間。

這個在強烈的藍光中浮現出來的黑色輪廓，大大張開了形狀有如無數劍刃般尖銳的雙翼。

「……Crow……」

志帆子的說話聲，遭到被Behemoth的光線命中有翼輪廓時發生的衝擊聲掩蓋。

插手的人——Silver Crow試圖以交叉在胸前的雙手防禦藍色的光線。但轉眼間就有細小的冰粒飛散在四周，把腳下的地面逐漸凍得雪白。記得Congeal這個英文單字的意思是「冰凍」。也就是說那是冷凍光線，無論是否用雙手格擋，虛擬角色應該都會結冰。

「——Crow，你快逃！不要管我們！」

志帆子不顧一切地呼喊。他是黑暗星雲，不，是加速世界唯一的飛行型虛擬角色，乃是進攻團隊的樞紐。絕不能讓他在這麼早期的階段，就為了保護戰力只能充充數的志帆子等人而退場。

但Crow不動。他穩穩踏住雙腳，雙翼散出銀色的光彩，抵抗冷凍光線的壓力。

「唔……喔喔喔…………！」

緊繃的呼喝聲傳進志帆子的耳裡，但雙腳已經被厚實的冰膜覆蓋住。眼看頭盔、雙肩，甚至連兩片翅膀，都發出硬質的霹啪響，一路往末端結冰——

就在這時。

一陣堅硬的金屬聲響中，覆蓋Silver Crow下臂外側的金屬裝甲，往左右大大分離開來。

志帆子以為是裝甲遭到破壞，但她猜錯了。分離開來的裝甲內，挺出了水晶般透明的零件，吸收Behemoth的藍色光線。Silver Crow將所有能量都化為雙手上的光球後……

「喔喔喔喔————！」

在大吼聲中把交叉的雙手舉向正上方，接著瞄準遠處的Glacier Behemoth。

滋啪——！

空氣劇烈震動，蒼白的光線從Crow的雙手射出，在Behemoth身上打個正著。

「什麼……這是…………！」

Behemoth低聲驚呼，試圖往後方跳開，但這時他的雙手雙腳都已經被凍結在地面上。多半是因為對低溫抗性很高，體力計量表並未減損多少，但似乎無法連凍結效果都取消，巨大的身軀轉眼間就被冰山吞沒到肩膀高度。

反射光線攻擊——志帆子曾就近看過完全一樣的現象。

那是在上個月月底，在無限制中立空間的世田谷戰區，第一次碰到Silver Crow時的情形。志帆子等人的朋友——小獸級(Lesser)公敵「熔岩色石榴石獸(Lava Carbuncle)」小克，發射出熱線後，Crow故意讓熱線射中自己，然後用雙手反射出去，當時是射中了還受到ＩＳＳ套件侵蝕的Avocado Avoider。

這「光學傳導(Optical Conduction)」特殊能力，Crow是當時才第一次練出——也就是學會到現在還過不到一個月，如今他卻已經把這個能力磨練到足以反射高等級玩家的必殺技。

Silver Crow幾乎毫髮無傷地反射了冷凍光線後，閉上雙手裝甲，恢復原狀，同時慢慢起身。

Behemoth認出他的模樣，瞪大了雙眼大喊：

「這模樣……你是黑暗星雲的Silver Crow！你為什麼會在這裡！」

「……那還用說？」

Crow低聲回答，右手筆直指向結冰的Behemoth，正要喊下去。

「是來把你們的……」

但接下來的話卻被廣場後方吵鬧的引擎聲蓋過，誰也沒聽見。

回頭一看，一輛造型充滿無謂尖刺的機車，正從泉岳寺南門衝進來。騎在車上的是個戴著骷髏頭盔的對戰虛擬角色，身後勉強硬載著一個像是猿猴的虛擬角色，以及另一個顯得油亮的虛擬角色。是前幾天才在領土戰爭中首次與志帆子等人碰面的Ash Roller、Bush Utan與Olive Glove。

「Hey Hey He——y！」

Ash浮誇地甩尾滑胎，停在志帆子等人身邊，然後大喊：

「久等啦！But既然大爺們來了，這個據點就Never讓給你們！那邊那個大隻的，你打傷我同伴，我可會Million倍奉還！」

「…………這個人還是那麼吵鬧……」

「吵得我都醒了啦。」

聖實與結芽不知不覺間恢復了意識，在志帆子懷裡開了口。

「妳……妳們兩個，都還好嗎？」

志帆子趕緊問起傷勢，兩人不約而同地點點頭。

「沒事沒事……不過好不甘心啊，完全被痛宰了。」

聽聖實這麼說，結芽伸出手去，輕輕摸著她碎裂的手部裝甲。

「嗯嗯，敏敏好努力。Nice Fight。」

「要說這個的話，妳們兩個都非常努力。」

志帆子輕聲說完，扶著兩人站起。

機車上的Ash朝她們瞥了一眼，用大拇指打信號要她們退下。三人點點頭，再度退到南門附近。不能參加接下來才正要開始的領土戰爭重頭戲，固然令她們遺憾，但現在最優先的是活下去。只要繼續留在戰場上，應該還會有輪到她們表現的機會。

志帆子來到聳立在門前的大樹下停步，注視著Silver Crow的背影。

平常明明不怎麼靠得住，但到了關鍵時刻一定會從天而降來救她們的白銀虛擬角色，背影一反常態地顯得高大。

＊＊＊

Glacier Behemoth。

名列白之團幹部集團「七矮星」的高等級玩家。

明明被春雪以「光學傳導」特殊能力反射回來的冷凍光線，照得巨大的身軀有七成都結了一層冰，那極凍風暴似的資料壓（鬥氣）卻連絲毫要淡去的跡象都沒有。光是這樣對峙，都覺得手腳似乎從前端開始發麻。

但春雪抗拒壓力往前進，踏入了Chocolat Puppeteer她們幫忙占領的要塞據點。微微有些溫暖的光芒籠罩住全身，必殺技計量表得到了充填。

Chocolat她們的貢獻還不只如此。Behemoth的體力計量表，在春雪插手以前，就減少了一成以上。面對防衛方團隊實質上的最強成員，Chocolat她們有多麼拚命抗戰……光是看著她們渾身是傷的模樣，就足以痛切感受到。

——謝謝妳們，Choco，Mint、Plum。妳們幫忙拿下了要塞據點所爭取到的優勢，我一定會好好發揮。

春雪對退下的三人投出這樣的思念，抬頭看向巨大的四足獸型虛擬角色。

對看慣了Pard小姐「野獸模式」的春雪而言，獸型的外型本身並不稀奇。但即使黑雪公主發給眾人的檔案中也寫到此人「總之就是很大隻」，這令人嘆為觀止的大小還是令他一時間難以置信。這種巨大感與重量感，直逼完全展開強化外裝（無敵號）的Scarlet Rain。

即使從正面展開格鬥戰，多半也會被他以厚實的裝甲與雙手凶惡的鉤爪輕易擊敗。要進攻就要從側面或後方……為此就必須先以速度打亂對方的步調。

春雪一邊等待必殺技計量表充填，一邊想著這樣的念頭，被冰封的巨獸就動起了他長著尖銳牙齒的嘴。從中流出的，是與凶悍外表不搭調的殷勤美聲。

「原來如此……原來如此。由於狀況特殊，我就省略招呼了，Silver Crow，你並不是從黑暗星雲轉投到Petit Paquet吧？」

「對。」

春雪簡短的回答，Behemoth就點了兩次頭。

「唔唔，也就是說正好相反……是Petit Paquet投奔黑暗星雲了是吧。這可被那幾位小姐給算計了……」

Behemoth靈活地以巨龍般的嘴苦笑了幾聲後，微微壓低了聲調說：

「雖然比預料中要早了些……但這麼說來，終於來了是吧？黑之王為了對和我們白之王長年來的恩怨做個了斷，率領了所有戰力，來挑戰震盪宇宙……我這麼想沒錯吧？」

——一點兒也不錯！

春雪差點脫口就要喊出這句話，但還是先閉上嘴。

Behemoth的台詞說得非常有模有樣，但內容卻讓他覺得不認同。他先深呼吸一次，讓腦袋冷卻之後，以鎮定的聲調回答：

「……長年來的恩怨？我們不是為了這種裝模作樣的理由。是因為你們白之團暗地裡偷偷摸摸做些下三濫的勾當，我們才來阻止你們……就只是這樣。」

Behemoth一聽，雙眸暴現出冰刃般的光芒。

「哦哦？……暗地裡偷偷摸摸做些下三濫的勾當？這句話我可不能當作沒聽見。我們幾時做過這樣的事了？」

「從一開始就是了。從有加速世界以來，一直都是。」

春雪腦海中閃現Chrome Falcon與Saffron Blossom令人悲傷的命運。他已經連敬語都不想用，忿忿地搭話：

「拿你們白之團來當幌子的加速研究社，從以前就一再圖謀不軌，讓許多超頻連線者受苦。『災禍之鎧』、『後門程式』、『ISS套件』……這些全都是你們做出來的好事。『下三濫的勾當』根本還不夠形容呢……一點都不夠。」

「…………」

到了這個時候，這頭饒舌得與外表不搭調的巨獸終於閉上了嘴。

彷彿想聽懂這番話似的，全身唯一能動的頭深深點了又點。接著閉上雙眼，呼出長長一口氣……

忽然間，封住Glacier Behemoth巨大身軀的整座厚實冰山，變得白濛濛的一片。春雪猜到，是一瞬間竄出了無數細小的裂痕。緊接著，冰塊就像從內部爆炸似的往四面八方飛散，其中有不少殘骸都像砲彈似的飛向據點環之內。

「…………！」

春雪不及細想，擺出架式，用雙手擊落較大的冰塊。但仍有幾片小型的冰塊碎片打在裝甲表面，微微削減了體力計量表。

Behemoth從冰霜的拘束中解放出來，先前支撐著上半身的雙手離開了地面，帶得全身灑落細小的冰粒站立起來。這一直立起來，高度超過五公尺，頭部沒入黑暗之中，只看得見一雙鏡頭眼發出蒼白的光芒。

「……………我想也是………………當然是了……」

從遙遠高處灑下的聲音，就像極凍的冷風一樣冷冰冰的。

「你們這些天真的超頻連線者什麼都不知道，終究也就只能有這樣的認知啊——可是，你們遲早也會在不久的將來知道。知道這BRAIN BURST 2039，是多麼冷酷而無情的東西。相較之下，災禍之鎧和ＩＳＳ套件，還算找得到出路了。畢竟那是一種支付代價來得到力量的公正交易……」

「……你說那叫公正……？」

春雪本來差點被Behemoth人立起來的巨大身軀震懾住，但一股發自丹田的怒氣吹開了恐懼。

「別胡說八道了！你們就只是在掠奪、玩弄別人！」

「即使真是這樣……有力量的人掠奪沒有力量的人，這才是支配所有加速世界的絕對鐵則。你們不也是靠力量來掠奪這個戰區的嗎？」

Behemoth右腳踏上沉重的一步。

春雪反射性地就想讓左腳後退，但鼓起鬥志停在據點環的中央，喊了回去：

「我們不是為了掠奪！我們來到這裡，是為了拿回被你們搶走的東西！」

「那我就連你的這種覺悟都奪走吧。話說完了……我就先要你們四個從對戰空間退場！」

Behemoth維持直立姿勢，高高舉起了右手。

「Ash兄，麻煩你們確保據點跟支援！」

春雪朝後方的三人組一喊，自己也蹬地而起。

Behemoth那光是爪子就像開山刀一樣長的手，閃著藍光劃破空氣揮下。要是被打個正著，春雪的這場領土戰爭也許就會當場結束。

但春雪在前衛之外還加上了翅膀的推力，一口氣衝上前去。

他是第一次獨自和有著這種巨大身軀的對戰虛擬角色戰鬥，但若把強化外裝也算進去，他曾經與更巨大的對手打過。二十天前，在距離這泉岳寺不遠的加速研究社大本營，與春雪等人展開死鬥的「災禍之鎧MarkⅡ」，就是個身高足足達到六公尺的怪物，還會從雙手主砲發射威力驚人的虛無屬性心念雷射，但也有過由於身軀巨大而對超高速連擊應付不來的場面。

這點Behemoth應該也是一樣的。他要用速度打亂敵人的步調，從中找出勝機。

「上……啊！」

春雪大喊一聲，再加大了翅膀的推力，這時五根鉤爪中的一根，微微掠過了他的左翼，擦出了小小的火花。

春雪一邊感覺後方傳來爆炸般的衝擊波，一邊對Behemoth的左腳賞了一記卯足渾身力道的「螺旋踢（Spiral Kick）」。

這種將左右翅膀分開控制，讓身體成椎狀高速旋轉而使出的踢法，在Silver Crow的近戰打擊招式中有著頂級的威力。唯一曾毫髮無傷擋下這一踢的，就只有擁有特殊軟質裝甲的Avocado Avoider。無論Behemoth的裝甲多麼厚實，既然雙方都是對戰虛擬角色，那就不可能不管用。

春雪懷著這樣的確信而踢出的一腳，在對方那怕不有三十公分粗的左腳腳脛上踢個正著，讓蒼白的裝甲上產生了蜘蛛網狀的龜裂。還剩下九成的體力計量表，有了少但確實的減損。

就這麼繼續攻擊同一個地方，完全破壞裝甲，對內部的虛擬人體造成重大損傷。等對方無法敏捷行動之後，再由Ash等人以遠程攻擊乘勝追擊——

春雪一邊擬定這樣的計畫一邊著地，立刻就要用拳頭追擊對方的左腳脛，但感覺到有東西從右側的死角直逼而來，趕緊往後跳開。從眼前通過的是一條巨大的尾巴，長著冰柱般尖刺的尾巴重重打在地上，擊碎了魔都空間堅硬的地磚。

春雪用翅膀做出後跳，拉開距離，正要估算再度鑽進腳下的時機。

然而——

「咦……？」

春雪看見短短幾秒鐘前才用螺旋踢踢個正著的Behemoth左腳裝甲，裂痕從末端開始慢慢消失，不由得驚呼出聲。

「裝……裝甲的損傷……自己修好了……？」

「就是這麼回事。虧你這麼努力，真是過意不去呢。」

Behemoth回過身來，黑暗中浮現的鏡頭眼剽悍地眨了眨。

「——我的裝甲，擁有在低溫環境下自動修復的能力。也就是說，和這『冰獄的嘆息』特殊能力相輔相成……」

Behemoth朝自己的腳下吹了一口氣，讓附近的溫度瞬間降低，鑽石塵閃閃發光地飄落。裂痕的修復速度變得更快，轉眼間就愈來愈小。

「……就能無限修復損傷。像你這樣的格鬥型，可以說最不適合跟我打了。」

「…………你的外號『哈巴谷』就是從這裡取的嗎？」

聽春雪沙啞地說出這句話，巨獸高高興興地回應：「喔喔，真虧你知道。」

哈巴谷是第二次世界大戰時，英國所策劃的「冰山航空母艦」計畫名稱。內容是用巨大的冰打造成船體，在內部架設大量的冷卻裝置，如此一來即使受創，也只要灑水就能結冰而恢復……而這夢幻的計畫理所當然地胎死腹中了。

儘管冰山航空母艦未能實現，但被拿這個計畫名稱取了外號的Glacire Behemoth，就如他本人所說，面對打擊招式幾乎可說是無敵。要攻略這個敵手，就必須動用火焰系的攻擊，而且半吊子的火焰多半抵銷不了他那極低溫的寒氣。

早知道這樣，就應該從日珥多找些火焰攻擊手參加進攻團隊。春雪陷入這種消極的思考，再度抬頭看向Behemoth巨大的身軀，結果——

他注意到肩膀與胸部厚實的裝甲上，存在著幾個小小的凹洞。

由於位置與排列都是隨機，想來並不是從一開始就有的造型。多半是Chocolat她們……十之八九就是Plum Flipper用遠程（彈弓）攻擊打出的凹洞吧。所以裂痕會被修復、消失，但坑洞本身並不會完全填補起來。

也就是說，Behemoth的裝甲修復能力，即使能修好損傷，卻無法把缺損的質量復原……？

當春雪想到這裡，聽到左後方傳來叫他的聲音。

「喂，臭烏鴉！」

在據點等待的Ash Roller多半忍不住了，但他們三人的必殺技計量表尚未全滿。春雪迅速舉起左手，傳達「你們再等一下」的意思後，張開雙腳，壓低姿勢。

Behemoth見狀，也沉重地踏出幾乎修復完畢的左腳，輕聲說道：

「哎呀哎呀，你不打算向同伴求助，就是要跟我繼續一對一？很有志氣……可是記取教訓也是很重要的喔。」

儘管以一敵四，Behemoth那可恨的從容態度卻沒有要消失的跡象。相信對於身為8級玩家的他而言，這樣的狀況也的確還跟在玩耍沒有兩樣。覺得只要稍稍拿出真本事，等級6、6、5、5的四個人，輕而易舉就能擊潰，而他也的確是真正有實力，這種老神在在的想法也就並非傲慢，但這當中終究有著可乘之機。

——僕人，你還等什麼？趕快教訓教訓那個大傢伙。

明明並未精神連線，但春雪覺得聽見梅丹佐這麼催促的聲音，小小點了點頭。

機會頂多只能製造出一次。非倒打得對方失去從容與冷靜，和Ash等人串連成組合攻擊不可。

「教訓我當然有記取。」

春雪短短地回答完，手碰左腰，接著大喊：

「『輝明劍（Lucid Blade）』，著裝！」

銀色的光匯集在腰間，一邊畫出筆直的線條，一邊化為實體。

春雪在一週前，與拓武同時升上6級後，系統提出了四種升級獎勵給他。

先前已經連續選過四次的「強化飛行特殊能力」。

把雙手手指化為小型導向飛彈射出的必殺技必殺技「Digit Pursuit」。

能暫時大幅提昇對實體彈抗性的必殺技「Bullet Proof」。

以及劍型的強化外裝「Lucid Blade」。

以往春雪幾乎都毫不猶豫地一再選擇強化飛行能力，但只有這次，他就是無法輕易決定。

背上的銀翼，是Silver Crow最大的武器，也是他的存在理由。是春雪想飛的強烈願望，創造出了這個對戰虛擬角色，也創造出了這對銀翼。此後春雪一心只追求更高、更快，一再選擇強化這項特殊能力。

他絲毫不覺得這樣是錯的。以往也有過很多場戰鬥，都是只要Crow的飛行能力稍有不足就會打輸。

但達到6級，也就是離高等級玩家只差一步的現在，就產生了一種念頭，懷疑只想著「自己」真的好嗎？

為了自己的翅膀，為了自己的速度。春雪一再追求這些，卻有許多……真的有著許許多多的人們幫助他，引導他，與他並肩作戰。可是接下來，他希望自己也能為了別人而戰。為此他想增加「做得到的事」。這樣的心意，讓春雪選擇了取得新的力量。

強化外裝「輝明劍」——也就是選擇了劍。

Glacire Behemoth看見在春雪左腰間物件化的武器，一副受不了的模樣搖了搖頭。

「哎呀哎呀……Silver Crow，我本來還聽說你的武器就只有翅膀和雙手雙腳呢，沒想到竟然用劍……這是升級獎勵嗎？還是從商店買來的？」

「…………」

春雪不想再奉陪Behemoth的饒舌，默默握住劍柄，發出唰的一聲高亢的聲響拔了出來。

就如劍名中的輝字所示，是整把劍都與Silver Crow裝甲有著同樣銀色的雙刃直劍。雖然劍身稍細，但劍身與劍柄都比標準的單手劍稍長一些。在據點環的藍光照耀下，就像鏡子一樣光滑的刀刃反射出清澈的光芒。

Behemoth看見春雪將他的新伙伴舉在中段，再度開導似的說了：

「BRAIN BURST裡，劍是最單純的強化外裝，也正因為這樣，不是臨時抱佛腳就能用得好的。自古以來就有許多超頻連線者，只因為帥氣這個理由，就用升級獎勵來取得，或是投注大量的點數來買劍。但這些人幾乎都沒能把劍用好，就這麼消失了……」

相信Behemoth說這幾句話並不是揶揄，而是身為老資格玩家的切身體認。

的確，現實世界中的春雪是不用說了，加速世界的Silver Crow也幾乎毫無握劍的經驗。相較之下，Glacier Behemoth過去曾與許多用劍的對手打過，相信也熟知如何應付。不止實力差距原本就很明顯，知識與經驗也是遠遠不如。

可是——可是。

春雪高高舉起右手握住的劍，將重心往前移。

看到他這種擺明了要當頭直劈似的動作，Behemoth再度輕輕搖了搖頭，右手手掌向上，前後擺動手指。

放馬過來，我一招就了結你……這個舉動幾乎讓春雪覺得聽見他這麼說。要是貿然來個敢死衝鋒，幾乎肯定會應驗。

可是。

——不必害怕，僕人，你有我。

腦海中再次傳來梅丹佐的幻聲，接著還覺得聽見了以前曾經待在春雪心中的另一個人說話的聲音。

與敵人的間距約為十二公尺。要出劍劈砍還太遠了些，但春雪腳一蹬地，往前跑了起來。

Behemoth一副根本不需要動的模樣，從嘴起的嘴呼出一口氣。

包含了冰雪結晶的極低溫寒氣湧來。要是碰到這股寒氣，四肢與翅膀多半會立刻凍結，就這麼動彈不得。

但就在短短幾小時前，春雪才在中野戰區經驗過了類似的「氣體攻擊」，那就是Iodine

Sterilizer的優碘攻擊。既然如此，相信同樣的對應方式也會管用。

——就是現在！

就在寒氣直逼到眼前的瞬間，春雪將高舉的劍改為反手握持，往地面一插。魔都空間的地面鋪了超硬質的地磚，連Silver Crow的手刀也很難刺穿，但輝明劍鋒銳到了極點的劍尖，深深刺入地磚縫隙約十公分深。

春雪以劍為支點，讓背上的翅膀全力進行反向噴射。

寒氣被這股推力一搧，瞬間逆流、擴散，讓Behemoth的身影模糊。而對方當然應該也變得看不清楚春雪。

「唔……！」

Behemoth發出吼聲，聽得出他正為了吐出更多寒氣而深深吸一口氣。

這一瞬間，春雪拔出劍，猛力蹬地，往斜上方飛起。

他做出把剩下的必殺技計量表全部耗盡的覺悟，以極限速度衝刺。整個人一瞬間穿破擴散的寒氣，逼向Behemoth巨大的身軀。

他把先前一直只用右手握住的輝明劍，用雙手高高舉起，把所有的能力都集中到劍身……

「喔喔喔！」

接著發出雄壯的吼聲，使出渾身解數，一劍劈了下去。

春雪與Silver Crow，都沒有用劍戰鬥過的經驗。

但「第六代Chrome Disaster」不一樣。

受「災禍之鎧」寄生時，春雪就自由自在地駕馭作為主武器的大劍，和綠之團的「鐵拳」Iron Pound與「絕對防禦（Invulnerable）」Green Grandee，甚至和「絕對切斷」Black Lotus也打過一場。

大劍與災禍之鎧，一起被他封印在無限制中立空間的角落，但當時的記憶……縱橫揮舞巨大長劍戰鬥的感覺，仍然留在春雪身上。

——「野獸」！把你的力量……再借給我一次！

春雪在內心深處對以前的戰友呼喊，同時揮動新的愛劍往下一劈。

「唔嗯！」

相對的Glacier Behemoth也以過人的反應轉動頭部，以額頭長出的巨大犄角之一，迎擊春雪的劍。

當雙方鋒銳的尖端劇烈碰撞的瞬間，響起了一種像是大質量金屬塊互撞的高頻衝擊巨響，劇烈撼動了整個空間。

Silver Crow的翅膀發生的推力，與Behemoth巨大身軀擠出的肌力，全都集中在極小的一個點上相互抗衡，讓空間白熾化。只要一瞬間拚輸，這股均衡就會瓦解，解放出來的能量多半就會對Silver Crow造成足以當場斃命的損傷。

「嗚……嗚！喔、喔……！」

春雪卯足全身力量，想把劍硬砍下去。

「唔、嗚、嗚、唔……！」

但Behemoth也以顯得堅不可摧的犄角把劍往回推。

視野左上方，春雪靠據點環充填到的必殺技計量表正迅速減少。剩下五秒……四秒……

就在這時。

春雪腦海中響起了既不是梅丹佐也不是「野獸」的另一個人說話的聲音。

——不要用力量把力量推回去。

——加速世界的劍技不需要力量。無論多麼堅硬的事物，都有著可以切斷的「紋理」。要感覺出紋理，把刀刃湊上去……來。

這時春雪雙手微微一動，輝明劍的劍刃滑進了Behemoth的犄角約有一公釐的一半當中的一半。

下一瞬間。

鏗的一聲清脆聲響響起，春雪的劍往正下方劈了下去。

剎那間的寂靜與停滯。

Behemoth巨大犄角從前端到底部竄出一條直線光軌，然後往左右分離——緊接著，就像從內部爆炸一樣，化為無數碎片四散。

春雪用剩下的少許必殺技計量表往後衝刺，然後再度降落在距離Behemoth十公尺以上的位置。

絞盡精神力的反作用力，讓他差點膝蓋一軟，但他還是勉強踏穩腳步，毫不鬆懈地舉劍戒備，仰望靜止不動的巨獸。

額頭上長出的兩根犄角當中，由春雪看去是右側的犄角，已經連根消滅。破損面的龜裂在徐徐修復，但缺損的部分本身，似乎果然無法復原。

Behemoth舉起左手，摸了摸犄角的斷面，用蒼白的鏡頭眼睥睨春雪，忍不住發出低沉而沙啞的聲音。

「剛才的劍路……Silver Crow，你，難不成…………」

「難不成……什麼？」

春雪反問，但巨獸並不立刻回答，放下左手後和右手一起碰上地面，回到四足獸的型態。

「……不，請你不要在意。而且，可以玩玩的時間似乎也差不多結束了。」

「…………正合我意。」

春雪這麼回答，重新舉好劍，但Behemoth雙手不離地面，靈活地聳了聳肩膀。

「和你之間的勝負，就留待下次機會吧。畢竟這再怎麼說也是領土戰爭……我不能再讓伙伴們陪我玩下去了。」

Behemoth，就將剩下的右側犄角朝像天空——

「『溶解光線（Dissolve Ray）』。」

只見他隨口唸出招式名稱，接著從犄角發射紅色的光線。

遮住魔都天空的漆黑雲層，反射出幾秒鐘的紅光，光芒隨即消失。

就只是這樣，什麼都沒發生。

不對——

春雪忽然間覺得背上竄過一股強烈的惡寒。

和Behemoth發出的寒氣不同。從某種角度來說，是一種比寒氣更冰冷，就像剃刀一樣鋒銳的壓力。

「…………臭烏鴉。」

Ash Roller在據點內將必殺技計量表充填完畢後，一反常態地小聲叫了春雪一聲。到了這個時候，春雪也已經注意到了。

要塞據點廣場——現實世界中的泉岳寺——西側聳立的一棟大型建築物屋頂上，出現了好幾個人影。每個人影都遠比Behemoth小，散發出來的資料壓強度卻有過之而無不及。感覺就像整個空間都因此而微微扭曲。

Behemoth所發射的紅色光線，多半就是要同伴集合的信號。也就是說，他們就是震盪宇宙港區第三戰區防衛團隊的本隊。

Behemoth朝後方瞥了一眼，剽悍地露出微笑。只要那當中有任何一人下到戰場來，勝機就會完全消失。

春雪被這樣的預感所吞沒，呆呆站在原地，然而——

「…………臭烏鴉。」

聽Ash又叫了自己一聲，正要回答「我知道！」時，這次卻從反方向傳來另一種壓力，籠罩住了春雪。

明明密度差不多高，卻完全不覺得冰冷。不但不冰冷，更是一種賦予春雪勇氣，讓他恢復鬥志的，火焰似的鬥氣。

春雪立刻轉過身去，看見的是三三五五排在泉岳寺東側大樓群屋頂上。即使只看融入夜色中的朦朧輪廓，春雪仍然立刻看出每一個人是誰。

是Sky Raker與Ardor Maiden，Cyan Pile與Blood Leopard等人，占領完了後方的據點，趕了上來。

剩下的時間，有二十分鐘又幾秒。

接下來終於就是領土戰爭的重頭戲。

春雪深深吸氣，用力蓄積在丹田，然後強而有力地重新舉好愛劍。輝明劍的劍刃似乎反映出春雪的鬥志，發出了更加耀眼的光芒。

對峙的雙方團隊發出的鬥氣，以廣場正中央為界線而相互抗衡。一旦達到臨界點，就會展開一場空前絕後的大決戰。

視野上方中央的倒數讀秒顯示１２０５、１２０４……一步步朝「那一刻」減少——

一陣輕柔的風吹過。

震盪宇宙方面發出的寒氣，與黑暗星雲方面發出的熱氣，都被這股微風緩緩吹散。

春雪就像受到一股力量吸引，轉頭看向泉岳寺的北側。

就在雙方陣營對峙的中間點，蓋有唯一一棟細長的大樓。這棟大樓的屋頂上也有人。

春雪不認得這個嬌小的輪廓。既然認不出，照理說就是敵人，但Glacier Behemoth也狐疑地仰望。

又是一陣風吹過。

有著微微花香的微風吹過整個空間，吹響了鋼鐵樹木的葉子。接著……

站在細長大樓屋頂上的超頻連線者，全身迸出鮮明的桃紅色光芒，升上天空。

不是必殺技的光影特效，而是照亮整個空間的強烈光芒。

「…………心念的……過剩光（Overray）……？」

春雪以戰慄的聲音這麼一說。而接下來發生的事就像是在追認他所說的話——

一個甜美，卻又帶著點落寞的嗓音，迴盪在空間中。

「——『範式瓦解（Paradigm Breakdown）』。」

淡桃紅色的光輝急遽擴散，籠罩住了一切。

6

光。

地鳴。

強得讓人站不住的震動。

漫長得無以復加的幾秒鐘過去，春雪感覺這些現象已經平息，戰戰兢兢地抬起頭。

乍看之下，什麼變化都沒有——看起來似乎是如此。然而春雪馬上就發現有兩個事物消失了。

泉岳寺北側大樓屋頂上的人影。

以及本來應該就在不遠處發出藍色光芒的，要塞據點的大型金屬環。

幾秒鐘前還是據點的所在，可以看見Ash Roller、Bush Utan、Olive Glove等三人，正茫然地四處張望。而在南門附近，也可以看到Chocolat等三人不安地看過來。

並排在東側建築物上的黑暗星雲團員、震盪宇宙的團員，以及在春雪正對面仰望夜空的Glacier Behemoth，似乎都並未受到損傷或產生任何異狀。

那麼，這個神祕超頻連線者釋放的心念以及隨後產生的震動，到底為這個領土戰空間帶來了什麼？

春雪想尋求線索，正要再度環顧四周——

耳裡卻聽見Glacier Behemoth極小聲的喃喃自語。

「…………王啊…………妳的意思是，現在就是那一刻了嗎？」

春雪不明白他這句話的意思，但注意到Behemoth也直盯著東方的天空看，於是轉頭仰望同一個方向。

橫排並列的大樓屋頂上，Sky Raker等人也同樣狐疑地查看四周。

然而Behemoth看的並不是他們。

而是看向更遠更遠的地方，看向遙遠東方天空的盡頭。

漆黑的黑暗微微遠去，逐漸轉變為深青色。

是黎明要來了。但這是不可能的。「魔都」空間的夜晚應該會維持整整三十分鐘。這個屬性下的黎明會來，只有在……就只有在……

想到這裡，春雪才總算發現。

應該還剩下足足一千兩百秒的倒數讀秒，已經從視野上方消失。

顯示在左側的Ash等人的體力計量表，以及顯示在右側的Behemoth的體力計量表，也都已經消失。剩下的就只有自己的計量表。

這不可能來臨的黎明，以及ＵＩ（使用者介面）的簡化。

這些現象指向的答案，只有一個。

「…………這裡是…………無限制中立空間…………？」

春雪喃喃說出的這句話，立刻被冰冷而乾澀的風吹散。

（待續）

後記

謝謝各位讀者看完《加速世界》第20集〈白與黑的相剋〉。

封面摺頁中也有提到，本書也終於來到突破20集大關的這一天了啊。二〇〇七年，在網路上連載本書的雛形《超絕加速超頻連線者》的時候，萬萬沒有預料到竟然會寫到這麼長。

但神奇的是，儘管劇情本身數度偏離正軌，但還是朝著我當時隱約在心中描繪出來的最大高潮前進。這讓我重新體認到故事這種東西，本身可能就有著一種會朝著該去的地方前進的力量。

我「身為作者創造並控制故事」的感覺，本來就很稀薄。該怎麼說，就好像只是把已經存在的故事寫成文字……我非常喜愛的作家史蒂芬金就曾說過「作者就只是把埋在地面下的故事礦脈挖出來」之類的話，而我就實實在在是這麼覺得。就感覺上而言，我自己就有一半左右是站在讀者的角度，不時發出「是喔～」或「哼～？」之類的感嘆聲，看著故事發展下去，所以雖然還不知道《加速世界》這個故事，會在何時，去到哪裡，但我希望今後也能和各位讀者一起追下去！

話說這本書的發售日後約一個半月的七月二十三日，《加速世界》的新作動畫《Infinite Burst》（以下簡稱ＩＢ），終於要在院線上映了。（註：此指２０１６年）

ＩＢ的企畫當然是好一陣子之前就開始動起來，記得大概是一年半前吧，當時我是在這樣的意圖下寫劇情原案的，就是認為「難得出了新作動畫，不要只是把原作的過去演一遍，來描寫未來的劇情吧。可是描寫太遙遠的未來也不太對，所以時間軸就訂在比預計在院線上映那陣子發售的新刊再晚一點的時候吧」。可是仔細想想，沒有故事控制能力的我，自然沒辦法做出這麼靈活的事情，推進到第18、19集的同時，我一直擔心「這樣真的銜接得上ＩＢ的時間軸嗎？」但等到實際寫出來，這第20集的時期就奇蹟般地接了上去，讓我大大鬆了一口氣。ＩＢ裡灌注了再度集結的電視版動畫劇組滿滿的熱忱，是一部Giga Wonderful的影像作品，還請各位讀者去電影院用大畫面看個過癮！還請大家多多支持！還有ＨＩＭＡ老師、三木先生，這一集也真的非常謝謝你們！彩頁的Petit Paquet妹子三人組實實在在太棒啦！

二〇一六年五月某日　川原 礫

「——是桐人。我的桐人
回來了……」
是鬧著玩的。」

「這雖然是遊戲，但可不
——「SAO刀劍神域」設計者·茅場晶彥
地底世界「最終負荷實驗」第二天。
打敗「人界軍」最強整合騎士貝爾庫利以及使用超級帳號——
太陽神索魯斯的詩乃後，加百列便追趕逃走的愛麗絲。
另一方面，「人界軍」誘餌部隊被具壓倒性人數的「暗黑騎士」所包圍，
亞絲娜在戰場上的奮鬥、莉茲貝特與西莉卡的助力全都落空，
心神喪失狀態的桐人終於被微笑棺木的殘黨「PoH」抓住了。
為了一吐長年的怨氣，PoH的毒牙朝著桐人迫近——
瞬間。
桐人的內心響起了聲音。
那是和他一起生活、戰鬥、歡笑的好友傳出的聲音。
以及獨一無二的最佳拍檔的聲音——
這時候，為了拯救所有存活在Underworld的「一切」。
桐人終於復活了。
Sword Art
Alicization篇堂堂完結!!!
2017年4月發售預定!!!
特報!!!
最蕩氣迴腸的次世代青春娛樂作品——《加速世界》第21集
》預計於2017年夏季發售——!!!

國家圖書館出版品預行編目資料

加速世界. 20, 白與黑的相剋 / 川原礫作 ; 邱鍾仁譯. -- 初版. -- 臺北市 : 臺灣角川, 2017.03
面 ;　公分

譯自 : アクセル·ワールド. 20, 白と黒の相剋
ISBN 978-986-473-588-4(平裝)

861.57　　　　106001109

Kadokawa Fantastic Novels

加速世界 20

白與黑的相剋

（原著名：アクセル・ワールド 20　—白と黒の相剋—）

2017年3月27日　初版第1刷發行

作　者：川原 礫
插　畫：HIMA
日版設計：BEE-PEE
譯　者：邱鍾仁

發 行 人：成田聖
總 編 輯：蔡佩芬
主　編：吳欣怡
文字編輯：朱哲成
資深設計指導：黃珮君
美術設計：吳佳昫
印　務：李明修（主任）、張加恩、黎宇凡、潘尚琪

發 行 所：台灣角川股份有限公司
地　址：105台北市光復北路11巷44號5樓
電　話：（02）2747-2433
傳　真：（02）2747-2558
網　址：http://www.kadokawa.com.tw
劃撥帳戶：台灣角川股份有限公司
劃撥帳號：19487412
法律顧問：寰瀛法律事務所
製　版：尚騰印刷事業有限公司
ＩＳＢＮ：978-986-473-5884
香港代理：香港角川有限公司
地　址：香港新界葵涌興芳路223號新都會廣場第2座17樓 1701-02A室
電　話：（852）3653-2888